너와 나의 3분

오늘의
청소년
문학
└── 20

너와 나의 3분

초판 1쇄 발행 2017년 10월 10일
초판 2쇄 발행 2019년 5월 10일

지은이 이송현
펴낸이 김한청

편집 봉정하
디자인 김규림
마케팅 최원준, 최지애, 김선근
펴낸곳 도서출판 다른

출판등록 2004년 9월 2일 제2013-000194호
주소 서울시 마포구 동교로27길 3-12 N빌딩 2층
전화 02-3143-6478 팩스 02-3143-6479 이메일 khc15968@hanmail.net
블로그 blog.naver.com/darun_pub 페이스북 /darunpublishers

© 이송현 2017

ISBN 979-11-5633-175-9 44810
ISBN 978-89-92711-57-9 (세트)

너와 나의
3분

이송현
지음

다른

차 례

01

:

고백의 시간

하늘이 파랬다. 내 눈앞도 새파랬다. 벌써 세 번째다. 이 정도 횟수면 눈앞이 파래지는 현상 같은 건 사라져야 정상이 아닐까. 하지만 좋아하는 박용준한테 차이는 데에 면역력 같은 건 생기지 않는 게 분명하다. 살면서 앞으로 수많은 것을 포기하게 될지도 모른다. 그래도 내가 끝까지 포기하지 않아야 할 것은…… 사랑이다.

"미안해, 정난주."

"이번에도 노, 인 거야?"

"응."

저렇게 잘생긴 얼굴로 'NO'를 외치는 녀석은 빵점짜리여야 하는데…….

"네 마음이 아직도 안 열려?"

"미안."

망할 놈의 오픈 마인드! 박용준 심장을 열 만능열쇠를 네거리 열쇠 집 사장님이 맞춰 주기만 한다면, 나는 내 적금통장을 깰 각오도 되어 있다. 사랑하는 사람과 스무 살이 되는 해에 배낭여행을 가겠다며 초등학교 5학년 때 만든 통장이다. 하지만 첫사랑 박용준에게 줄기차게 차이는 마당에 적금통장이 무슨 의미가 있겠는가. 쿨한 척하면서 박용준에게 손을 내밀었다. 벌써 세 번째 악수였다.

한국 사람은 삼세번이라고 할아버지가 그랬다. 하지만 사랑에 있어서는 삼세번의 규칙이 적용되지 않는 걸까.

박용준에게 고백을 하고 정글짐에서 돌아서는데 나를 기다리고 있는 한참견을 발견하니, 내 마음은 그야말로 정글 속이었다.

"다 했어?"

한참견, 얘는 아무리 내 껌딱지라지만 이럴 때는 눈앞에서 좀 사라져 주면 좋겠다. 본명 한열, 별명 한참견. 내 일이라면 미주알고 주알 별의별 참견을 다 하고 다녀서 아이들 사이에서 '정난주 한정, 한참견'으로 불린다. 박용준한테 차이는 것까지 다 지켜봐 놓고서는 한다는 소리가 고작 '다 했어?'라니! 낭만이라고는 눈곱만큼도 찾아볼 수 없는 인간이 절친이라니, 나란 인간은 복도 지지리도 없다.

"뭘 다 해, 이 나쁜 놈아!"

"그만 징징거리고 집에 가자. 다음에 다시 도전해, 정 여사."

고백이 일상이 되어 버린 열여섯이다. 스무 살까지는 여유가 있으니까, 하며 애써 스스로 위로해야 할까. 발끝으로 온몸의 기운이 쪽 빠지는 느낌이다. 늘 그랬듯이 한참견에게 내 가방을 떠넘겼다. 당연하다는 듯이 한참견이 내 가방을 들었다. 그리고 남은 한 손을 내게 내밀었다. 나는 그 익숙한 손을 붙들고 푸념을 쏟아냈다.

"벌써 세 번째야. 한 번쯤은 날 봐줄 수도 있는 거 아니니?"

"박용준 캐릭터 자체가 봐주는 거랑 거리가 멀다고 내가 몇 번을 말했냐?"

하긴, 명색이 전직 축구 선수인데 근성 없이 막 봐주고 그러면 매력이 떨어지기는 할 것이다. 부상 때문에 축구를 그만뒀지만 운동선수로서의 자태를 유지하고 있는 박용준이었다.

학교 화단에 흐드러지게 늘어져 있는 풀 더미를 주먹으로 쥐어뜯었다. 이름 모를 꽃잎들이 후두두 땅으로 떨어졌다. 한참견이 내 손목을 덥석 잡아 자기 가슴팍에 갖다 댔다.

"하! 날 좀 봐줘, 정 여사. 널 보고 있는 나, 한열 좀 봐 달라고."

나는 말도 안 되는 녀석의 간청을 간단하게 무시했다. 정강이를 호되게 차 주려다가 말았다.

실연한 뒤 코스는 학교 앞 꼬치집이다. 그 집은 더럽기가 타의 추종을 불허할 정도로 대단해 아이들 사이에 일명 '더티 꼬치'라 불렸으나 주인아저씨는 아랑곳하지 않고 행주를 걸레 삼아 썼다. 소문에는 처음 꼬치집이 개업했을 때, 가게 앞에 엄청난 수의 비둘기 떼가 진을 치고 있었는데 장사가 잘되는 어느 순간부터 비둘기 떼의 행방이 묘연해져서 사실은 우리가 사 먹는 닭꼬치가 비둘기 꼬치라는 설이 흉흉했다. 꼬치에 발라 먹는 특제 소스 맛 때문에 '더티 꼬치'는 언제나 문전성시를 이루었다. 이렇게 마음이 헛헛할 때는 평소 도전하지 않던 '최강 불소스'에 이 한 몸을 던져 보는 것도 나쁘지 않다.

'더티 꼬치' 벽에 가득한 고백 낙서에 나는 괜히 부아가 났다. 가방에서 수정 테이프를 꺼내 가장 눈꼴사나운 문구 하나를 지웠다. 한참견이 그런 나를 보고 못난 자격지심이라며 비아냥댔다. 한마디 하려다가 꾹 참기로 했다. 한참견은 누가 뭐래도 내가 고백한 박용준의 친구이고, 그 사실은 내게 플러스로 작용할 것이 분명했다.

"한열, 뭐 하나 묻자."

"야, 내 이름 부르지 마. 넌 꼭 심각해지려고 하면 이름을 부르더라."

나는 한참견의 말을 무시하고 단도직입으로 물었다. 매운 소스가 듬뿍 발린 닭꼬치를 한 입 베어 물며 한참견이 나를 주시했다.

"남자는 어떤 여자한테 관심이 있어?"

"야, 정난주. 그냥 박용준이라고 해."

한껏 실망했는지, 닭꼬치를 든 한참견의 손이 축 늘어졌다. 바닥을 향해 내리깐 속눈썹이 바르르 떨렸다.

"아니거든, 박용준. 난 그냥 남자라고 물었다."

금세 헤벌쭉 웃으며 한참견이 씩씩한 목소리로 답했다.

"쭉쭉 빵빵, 예쁜 여자. 예쁜 게 착한 거고 성격 좋은 거야, 사실은."

"아, 진짜 싫다."

"뭐가 싫어? 여자들도 툭하면 키 크고 멋진 근육 가진 남자들 좋아라 하면서. 남자나 여자나 다를 게 뭐가 있어?"

내가 숱하게 읽던 로맨스 소설 속에 등장한 남자 주인공들의 생각도 한참견과 같을까? 필립, 에릭, 제임스, 리노, 타이, 가브리엘……. 그들의 생각이 한참견과 하나도 다를 것이 없다면 아마도 난 혀를 빼물지도 모르겠다.

"정 여사, 남자란 말이지…… 예쁜 여자가 착한 여자고 좋은 여자야."

"진짜 열 받으니까 그만해라."

한참견이 내 손에 꼬치를 들려 주었다. 소스가 흐르자, 휴지로 손에 묻은 소스까지 닦아 주며 말했다. 테이블 위에 붉은 얼룩이 한 방울, 두 방울 모여 점점 더 크게 번져 갔다.

"그런데 정난주, 나는…… 내가 사랑하는 여자한테 끝까지 의리 지킬 거다."

괜히 닭꼬치 값만 날렸다는 생각이 들었다. 나는 남은 닭꼬치를 입안에 구겨 넣고는 꼬치로 한참견의 옆구리를 푹 찔렀다. 한참견이 죽는 시늉을 했다.

"쇼 그만해라. 오늘은 하나도 안 웃기는 날이니까."

버스 정류장으로 걸음을 옮기자, 한참견이 졸졸 따라왔다. 야자를 마치고 집으로 가려는 한 무리의 아이들이 정류장으로 내달렸다. 그러고 보니 내 고백 때문에 한참견까지 야자를 빼먹었다. 나야 내 일이니까 야자 땡땡이가 당연했지만, 얘는 매번 왜 같이 야자를 빼먹는 건지……. 누가 누굴 걱정하는 건지. 어차피 야자를 빼먹어도 전교 일등 한참견을 건드릴 자는 어디에도 없었다.

한참견이 거드름을 피우며 다 먹은 닭꼬치 꼬치로 이를 쑤셨다. 학교에서는 킹카 노릇하는 녀석이 저렇게 트림하고 이 쑤시는 것을 애들은 알까.

"그런데 정난주, 그나마 다행 아니냐?"

버스 앱을 검색하며 녀석이 툭 한마디 건넸다.

"뭐가?"

"해주가 못 봤잖아, 너 차이는 거."

고백의 시간은 끝났다.

"너의 소원이 무엇이냐?" 하고 하느님이 내게 물으시면, 나는 서슴지 않고, "세상에 존재하는 모든 '3'이 사라지는 것이요."라고 대답할 것이다. 내가 얼마나 '3'이라는 숫자를 싫어하느냐면 말이다. 3분 카레, 3분 자장도 거들떠보지 않을 정도다. 비약이 심하다고 남들이 뭐라고 할지 모르지만 내 사정을 안다면 그런 말은 입 밖

11

에 꺼낼 수 없을 것이다.

솔직히 나는 카레와 자장을 싫어하지 않는다. 그냥 '3분'이 싫다. 그렇다면 하고많은 숫자 중에 하필이면 '3'이 죽도록 싫을까? 바로 잘난 '정해주' 때문이다. 정해주는 하나밖에 없는 나의 3분 언니다.

일란성 쌍둥이인 해주와 나는 눈, 코, 입, 옷차림, 화가 나면 코를 씰룩거리는 버릇까지 똑같다. 어릴 적, 엄마는 우리 둘을 구분하기 위해 내 머리에 바가지를 뒤집어씌운 채 머리카락을 싹둑 잘라 버렸다. 내 뜻 따위는 깨끗이 무시하고서 말이다. 이만저만 억울한 게 아니었다. 나도 언니처럼 긴 머리를 갖고 싶었었다. 하지만 엄마는 사람들이 헷갈려 한다는 이유만으로 내 머리카락만 잘라 버렸다. 그렇게 자르고 싶으면 언니 머리카락을 자를 것이지, 왜 내 머리를 자르느냐고 했더니 엄마는 단칼에 이렇게 말했다.

"해주는 긴 머리가 잘 어울리잖니."

말도 안 되는 소리였다. 씨도 안 먹힐 소리다. 내 인생이 순탄치 않을 것이란 사실을 그때 머리카락을 자르며 예감했다. 머리카락은 온전히 내 것임에도 머리 모양 하나마저도 내 뜻대로 하지 못한다면, 그 인생은 더 볼 것도 없다.

엄마는 내가 바보인 줄 아는지, 가끔 내가 언니와 차별한다며 투덜댈 때면 '해주는 너와 달라서 이렇게 한다, 저렇게 한다.' 하는 소리로 변명을 늘어놓는다. 하지만 엄마의 변명이란 것은 참으로 묘해서 엄마의 입장이 난처할 때만 불쑥 나타날 뿐이다. 이따금 내가 '나는 언니랑 달라서 청치마가 잘 어울리니까 사 줘.'라고 말하면 엄마의 태도는 180도로 바뀐다.

"누가 그래? 누가 네가 언니랑 다르대? 같은 옷 입어. 너, 언니랑 똑같아서 지난번에 엄마가 언니한테 사 준 면바지도 잘 어울려."

이럴 때마다 과연 나는 언니랑 똑같다는 건지, 다르다는 건지 정체성 자체가 무지하게 흔들린다. 그냥 나는 언니의 복제품같이, 하나 덤으로 딸려 나온 애가 아닌가 하는 생각이 들 정도다. 나란 존재, 영어 자습서에 딸려 나온 부록편 단어 암기장 정도라고나 할까.

사람들은 일란성 쌍둥이의 심정을 몰라도, 너무 모른다. 자신이 의도하지 않았는데 똑같은 내가 하나 더 있을 때 느끼게 되는 당혹감을 전혀 알지 못한다. 물론 나도 옛날부터 이렇게 심각했던 것은 아니다. 사춘기에 접어들면서 나의 인생이란 것을 곰곰이 뒤돌아보면서 한숨이 늘고 이래저래 억울한 일들이 많이 생긴 덕분이다. 특히, 언니와 내가 헷갈린다는 이유로 날 쉽게 포기했던 남자애들. 아무튼 살아가면서 세상의 모든 것을 사랑하기에 나는 너무나 열악한 환경에 내던져졌다. 그나마 대전 외가에 맡겨지면서 숨통이 트였는데, 3분 언니 정해주가 내 곁으로 다시 돌아온다. 신이 있다면, 그분은 참으로 몰인정하고 무심하기 짝이 없는 존재라는 확신이 든다.

나의 소원은 딱 하나다. 온전한 나이고 싶다.

"하이고. 얘가, 얘가! 여태 안 일어나고. 해가 똥구멍을 비춘다, 난주야!"

땅이라도 꺼졌는지 할머니의 호들갑스러운 소리가 귓가를 때린다. 할머니가 목소리를 높이는 일은 흔치 않은데 그때는 단 두 가지 경우로 나눌 수 있다. 내가 지각하기 일보 직전이거나, '러브하우스'에 단체 손님이 들어올 때다. 할머니와 할아버지는 대전 근교에서 '러브하우스'라는 이름의 펜션을 운영하고 있다. 펜션 이름과는 아무런 상관도 없는 그냥 그런 숙박업소쯤으로 생각하면 되겠다. 특징이라면 깨끗한 것과 러브라는 단어 때문인지 이불과 베갯잇에 하트 무늬가 있다는 것 정도다.

아침잠이 많은 나로서는 5분, 10분의 단잠을 포기할 수는 없는 노릇이었다. 신음소리를 내며 다시 한번 이불을 몸에 돌돌 감으며 저항해 봤지만 돌아오는 것은 엉덩이를 때리는 할머니의 손길뿐이었다.

"너, 정말 이럴 거야? 오늘 해주도 오고 네 어미도 오는데 이렇게 엉망으로 생활하면 내 꼴이 뭐가 되냐?"

할머니는 내가 지각하는 것보다 할머니랑 살아서 제멋대로, 라는 소리 듣는 것을 더 끔찍하게 여긴다. 직업 군인인 엄마 덕분에 사춘기에 접어든 우리 쌍둥이의 교육 문제는 할머니 담당이 되어 버렸다. 하지만 공부를 잘하는 해주는 엄마를 따라 서울에서 초등학교를 졸업하고 엄마가 바라는 특목중에 진학했다. 나만 떨거지가 되어 할머니 곁에 남게 되었다. 어찌 되었건 우리 가족은 아빠가 돌아가신 이후 뿔뿔이 흩어진 이산가족이나 진배없다. 엄마와 같은 직업 군인이었던 아빠는 대전 국립묘지에 잠들어 있다. 지오피(GOP)에서 지뢰를 밟았다. 정확히 말하면, 지뢰를 밟은 병사를 구하려다 같이 생을 마감했다.

시계는 여덟 시를 가리키고 있고, 나는 완전히 지각이다. 학주에게 걸려 다리가 엿가락처럼 녹아 흐물거릴 때까지 운동장을 열심히 뛰거나, 그렇지 않으면 책상 앞에 앉아 있느라 무거워질 대로 무거워진 엉덩이를 이끌고 학교 담을 넘는 일만 남았다.

산발한 머리를 손으로 쓱쓱 문질러 가며 방 밖으로 나가자, 할머니의 잔소리가 날아들었다.

"하라는 공부는 안 하면서 밤늦도록 뭔 놈의 책을 그렇게 읽어싸! 일찍 자라고 했지?"

안 그래도 지각이 확실한 이 마당에 짜증이 물밀듯이 몰아치는데 아침부터 할머니의 잔소리는 절대적으로 사양하고 싶다.

"책 읽느라 늦잠 잔 거 아니거든요."

"그럼 왜 일찍 못 일어나?"

"해주가 오잖아요."

"대체 해주가 오는 거랑 늦잠이 무슨 상관이냐?"

할머니는 아무것도 모른다. 언니가 돌아오는 꿈을 꾼 탓이었다. 악몽이 따로 없었다. 나랑 똑같이 생긴 여자애가 나를 보고 계속 따라오는 꿈. 사람들은 모를 것이다. 나랑 똑같이 생긴, 살아 있는 얼굴을 본다는 느낌을 말이다.

칫솔을 입에 물고 세면대 거울을 물끄러미 바라보았다. 해주와 한 치 오차 없이 똑같은 얼굴이 거울 속에서 치약 거품을 잔뜩 입에 문 채 서 있다. 왼쪽 광대뼈 위에 자리 잡은 작은 점을 검지 손톱으로 콕콕 찔러 본다. 내 얼굴에서 해주와 다른 하나가 있다면 바로 이 작은 점뿐이다. 거의 눈에 띄지 않지만 이 점은 나만 가진 흔적이다. 점이 생기게 된 사건은 결코 달갑지 않았지만, 이 점 때문에 나는 그마나 정해주와 다른 인간, 정난주가 될 수 있었다.

초등학교 1학년, 내 볼에 뾰족하게 깎은 연필심을 들이대고 내 이름을 부르던 사악한 해주 덕분에 나는 왼쪽 광대뼈 위에 푸른 점을 새겨 넣을 수 있었다.

앞으로 또 얼마나 많은 사람들이 우리를 헷갈려 하고 해주와 나를 비교해 가며 나의 가치를 싸구려로 전락시킬지, 가슴이 답답하다. 입안을 가득 메운 민트 향 치약이 하나도 시원하게 느껴지지 않았다.

다행히 아무도 보이지 않았다. 그래도 만일의 사태를 대비하여 나는 주위를 다시 한번 찬찬히 둘러본다. 한 시 방향, 본관 건물이 위풍당당하게 서 있다. 여섯 시 방향 쪽에서 지각생들이 학주에게 한참 잔소리를 듣고 있다. 내가 지금 서 있는 곳은 여덟 시 방향. 자칫 잘못하면 걸릴 수 있으나 인생은 언제나 타이밍이다. 학주가 지각한 아이들에게 준비 운동을 시키고 운동장을 돌게 할 때, 나는 죽어라 뛰어 들어가면 그만이다. 게다가 친환경주의자인 교장 선생님 덕분에 내가 숨어 있는 여덟 시 방향부터 열 시 방향까지는 울창한 수풀로 우거져 서바이벌 게임을 해도 적격이라 할 만큼 완벽했다. 엄폐호가 따로 없다고나 할까.

슬슬 움직이려는 찰나, 담벼락 근처 수풀에서 웬 생명체가 불쑥 튀어나왔다. 순간 깜짝 놀라 휘청거렸다. 한참견이었다.

"야, 너 미쳤어? 시간이 몇 신데?"

"정 여사가 등교 전인데, 내가 어찌 의리 없이 먼저 학교에 발을 들여놓겠냐."

내가 멈칫거리자 한참견이 우쭐거리며 한마디 했다.

"그래, 컨디션은 괜찮고?"

"무슨 컨디션?"

"남자한테 뻥 차이고 첫 등교인데 담 넘기에 신체적, 정신적 조건이 괜찮냐, 이거지."

기사도 정신이라도 발휘하려는지, 어디서 본 건 있어서 한참견이 손을 뻗어 담장을 가리킨다.

"뭐? 어쩌라고?"

나는 한참견의 손가락을 이로 악, 물어 버리려는 시늉을 했다. 한참견이 뒷걸음질을 치며 손가락을 접었다.

"레이디 퍼스트."

한참견은 아마도 평생 저렇게 똥오줌 못 가리고 살 게 분명하다. 지각해서 담을 넘는 마당에 레이디 퍼스트라니!

"됐거든. 너나 넘어라."

담 밑에 새로 난 개구멍으로 허리를 굽히고 기어들어 갈 자세를 잡는데, 뒤에 서 있던 한참견이 아주 예의 바른 목소리로 내게 알려 준다.

"난주야, 교복 치마 들렸어. 치마 속 다 보이는데."

자존심을 구겨 가며 하늘 아래 머리를, 아니지, 개구멍을 향해 고개를 숙여 가며 지각을 면하고자 그렇게 노력을 했건만 치밀어 오르는 화는 못 참겠다. 나는 녀석을 한 대 치고 말았다.

"네가 그러고도 사내냐? 보면 어떡해!"

"보이는 걸 어떡해, 그럼?"

"눈꺼풀은 뒀다 뭐 할래? 당연히 눈을 감아야지."

"다음부턴 그렇게 할게."

"야, 한참견. 다음은 없어!"

한참견을 먼저 나가게 하고 개구멍을 향해 잔뜩 몸을 구부렸다. 흙바닥에 맞닿은 무릎이 작은 모래 알갱이에 쓸려 쓰라렸으나, 학주에게 걸려 고생하는 것에 비하면 아무것도 아니었다. 나는 엉거주춤 엎드린 자세에서 그대로 뒷발로 바닥을 지지대 삼아 힘껏 밀었지만 구멍을 빠져나오기가 쉽지 않았다. 아무래도 이 개구멍은 말라빠진 남학생이 만든 게 분명했다. 그렇지 않고서야 한참견은 빠져나갔는데 내가 이렇게 허우적거릴 이유가 없지 않은가. 아무래도 다이어트를 해야겠다. 엉덩이 부분이 걸렸다.

"야, 좀 잡아 줘 봐."

누군가의 손이 내 눈앞에 턱 하니 나타났다. 분명 한참견의 손은 아니다. 학주인가? 순간 숨이 멎었다. 아, 인생은 또다시 나를 이렇게 배신하는구나! 무릎의 흙을 털며 일어서려는데 눈앞의 손이 내 팔을 부축했다.

"지각했네, 정난주."

지구상에 신이 존재한다면 꼭 이런 모습이면 좋겠다. 얼굴은 순정만화, 몸은 스포츠만화의 주인공이 따로 없다. 박용준이 선도부 명찰을 달고 서서 우스꽝스러운 자세로 개구멍을 빠져나오는 나를 웃으며 바라보고 있었다. 하고많은 모습 중에 하필이면 엉덩이를 잔뜩 빼고 엉금엉금 기어 나오는 꼴이라니! 세 번째 고백을 하고 차인 지, 24시간도 지나지 않았다.

내가 볼을 붉히며 박용준의 시선을 피해 고개를 끄덕거리는 찰나, 등 뒤에서 반갑지 않은 소리가 났다.

"그걸 말이라고 하냐? 이 시간에 뭐 하러 정 여사가 개구멍을 기어 나오겠냐?"

참견할 때가 따로 있지, 한참견 애는 진짜 적절한 타이밍이라는 것을 모른다.

"그러는 열이, 넌 길이도 긴데 뭐 하러 기었냐? 그냥 담을 뛰어

넘지."

"우리 정 동지가 거침없이 기고 있는데 나도 함께 기어 줘야 의리지."

도대체가 도움이 되지 않는 인간이다. 한참견이 빨리 가자며 내 손을 잡아끄는데 박용준의 목소리가 내 발길을 잡았다.

"잠깐만."

호흡이 가빠지면서 온몸의 열이 얼굴로 확 몰렸다. 혹시…… 하룻밤 사이, 박용준의 마음이 바뀌었나? 내 고백을 받아 주기로 한 건가?

"왜?"

한참견이 귀찮다는 듯 박용준에게 퉁명스럽게 물었다.

"지각했잖아. 이름 적어야지."

아무리 좋아해도 안 되는 것이 있다. 선도부인 박용준에게 나는 지각생일 뿐 아무것도 아니었다. 서러운 현실이다.

박용준이 친절하게 웃으며 주머니에서 볼펜을 꺼내 내게 건네주었다. 박용준이 내민 메모장에 떨리는 손으로 이름을 적으려는데 한참견이 또 참견을 했다.

"야, 박용준. 장난하냐? 친구 사이에 뭘 적어. 그냥 넘어가. 우리, 간다."

한참견이 내 팔을 덥석 잡아 쥐었다. 더 이상 박용준 앞에서 자존심을 버리는 짓은 못 하겠다.

"이거 놔, 한참견."

가차없이 한참견의 손아귀에서 팔을 빼냈다. 자신의 손을 뿌리치는 나를 못 믿겠다는 눈빛으로 한참견이 바라봤다.

"지각을 했으면 이름을 적어야지."

솔직히 말하면 나도 지각을 면하고 싶었다. 나를 발견한 게 학주였다면 물론 끝까지 발악하며 도망쳤을 것이다. 하지만 나는 지금 학주에게 걸린 것이 아니다. 상대는 '나의 박용준'이다. 꼴사납게 개구멍에서 기어 나온 것도 모자라서 지각생 주제에 박용준에게 한 번만 봐 달라고 애원할 수는 없는 노릇이었다. 사랑 앞에서 자존심은 목숨이나 마찬가지였다. 좋아하는 남자 앞에서 내가 여성으로서 지켜야 할 것은 자존심밖에 없었다. 이 사실을 알 리가 없는 한참견은 박용준 앞에서 내게 찌질이 짓을 권한 것이나 다름없다.

"박용준, 친구 좋다는 게 뭐냐. 난주랑 나, 한 번만 봐주라. 응?"

내가 박용준을 좋아하게 된 것은 이 애의 올곧음 때문이었다. 소인배, 대인배를 번갈아 운운하는 한참견을 아랑곳하지 않고 박용준은 끝까지 자신의 수첩을 들이밀었다. 내 이름을 적으려는 찰나, 한참견이 내 손을 잡아 팔짱을 꼈다. 그대로 한참견에게 끌려갈 수밖에 없었다. 등 뒤에서 박용준이 우리를 향해 소리쳤다.

"야, 한열! 이게 뭐야?"

"더블 페이인 셈 쳐. 늦었어, 뛰어!"

한참견이 등 뒤, 내 가방을 한 손으로 잡아챘다. 마리오네트처럼

두 발을 버둥거리며 뛰기 시작했다. 교실 문 앞에 다다랐을 때, 나
는 한참견에게 물었다.

"더블 페이인 셈 치라니? 그게 무슨 소리야?"

교실 뒷문을 열며 한참견이 이를 드러내고 씩 웃어 보였다.

"정 여사, 너는 지각이 아니라는 뜻이지. 너 대신해서 내 이름을
두 번 적어 냈거든."

한참견 덕분에 청소는 면하겠지만 요즘 들어 녀석이 이상하다.
늘 친절하기는 했지만 뭐랄까. 친절의 강도가 한층 업그레이드된
느낌이랄까. 이래서 사람은 절친을 잘 둬야 하나 싶은 오늘이다.

02

:

운명의 3분

1교시가 시작되기 직전, 담임이 정해주를 데리고 교실로 들어왔다. 교실 앞문 바로 앞에 앉아 있던 영지가 비명을 질렀다.

"지금 내가 잘못 본 거 아니지?"

영지가 호들갑을 떨며 말했다. 아이들은 영지의 비명이 아닌 담임 옆의 해주를 보고 귀신이라도 본 것처럼 기함을 했다.

"뭐야? 정난주랑 똑같아."

반 아이들이 창가에 앉아 있는 나와 교단 앞에 서 있는 해주를 홀린 듯이 번갈아 보았다. 그런 아이들의 행동에 대머리 담임은 얼마 남지 않은 소중한 머리카락만 만지작거렸다.

"허허, 이제부터 우리와 함께 공부할 전학생이다. 정해주이고, 난주랑 똑같이 생겼지?"

얼굴만 봐도 해주가 대체 누구인지 장님이 아닌 이상 다 알 수 있는 일을 담임은 '난주랑 똑같이 생겼지?'라고 꼭 집어 말할 필요가 있었을까 모르겠다. 나는 창밖으로 고개를 돌렸다. 하필이면 우리 반일 게 뭐람?

이제 1교시만 마치면 다른 반 아이들도 구경을 올 것이 불 보듯 뻔했다. 태양은 하루도 쉬지 않고 뜨고 지고 달은 태양의 뒤꽁무니를 따라 빌딩 숲 사이로 뜨고 산 너머로 지기를 반복하는 동안, 사람들은 사랑을 하고 결혼을 하고 애를 낳는다. 아들, 딸이 연속으로, 무작위로, 세상에 태어나는 틈틈이 무수한 쌍둥이가 함께 세상 구경을 한다. 하지만 아직도 세상에서 쌍둥이라는 존재는 신기하고 특별한 구경거리다.

담임의 배려로 다행히 해주는 나와 짝이 되지 않았다. 해주는 창가에 앉은 나와 정 반대편의 벽 쪽 자리에 앉게 되었다. 벽 쪽에 앉아 있던 영지가 창가 쪽 일 분단으로 옮겨 왔다. 다 사려 깊은 담임의 배려 덕분이겠으나 그 속에는 틀림없이 해주와 나를 가까이 붙여 놓으면 혼란을 겪게 될 학과목 선생들을 위한 담임의 과잉 친절이 있을 테다. 하지만 학과목 선생들의 사정이야 내가 알 바 아니고 사실은 담임 자신이 해주와 나를 붙여 놓으면 귀신에 홀린 듯한 기분이 들어서 떨어뜨려 놓지 않았나 싶다.

나는 가슴팍에 매달려 있는 이름표를 좀 더 가슴 위쪽으로 옮겨 달았다. 담임이 교실 밖으로 나가자, 기다렸다는 듯이 영지가 내게 추궁을 했다. 아이들의 반은 내게로, 반은 벽 쪽에 붙박이처럼 앉아 있는 해주에게로 우르르 몰려갔다.

"정난주, 너 쌍둥이였어? 그런 말 안 했잖아."

내 주위로 아이들이 몰려들었다. 다들 내가 거짓말을 하기라도 한 듯 호들갑을 떨며 나를 추궁했다.

"너희가 안 물었잖아."

"야! 그래도 친군데 쌍둥이면 얘기해 주는 거 당연하잖아."

"그러는 영지 넌! 너는 뭐, 잘생긴 오빠 있다고 나한테 얘기해 줬냐?"

"아니."

"것 봐. 근데 왜?"

"어머, 야! 내가 오빠 있는 거랑 네가 쌍둥이란 거는 틀리지."

"틀린 게 아니라 다르지."

"아무튼. 그런데 난주야, 누가 언니야? 너야, 아니면 해주야?"

드디어 올 것이 왔다. 영지는 궁금한 것이 참으로 많은 친구다. 그 쓸데없는 궁금증을 교과 과목으로 돌린다면 적어도 꼴찌는 면할 텐데, 아쉽다.

"쌍둥이에 언니, 동생이 어딨어? 함께 태어났어."

"누굴 바보로 아니?"

영지가 바보였으면 좋겠다. 얜 왜 이럴 때만 똑똑해지는 것일까?

"사람이 어떻게 한꺼번에 태어나. 정난주, 텔레비전에서 돼지가 새끼 낳는 것 봤는데 한꺼번에 여섯 마리 낳는 법은 없어. 한 마리

씩 차례대로 나오지."

한참견이었다. 허튼소리 하는 사람의 입을 꿰매도 좋다는 법안만 있다면 나는 서슴없이 일 번으로 한참견의 입을 꿰매 버릴 것이다.

"야, 한참견! 내가 돼지야?"

화가 머리끝까지 뻗쳐서 졸도하기 일보 직전이었다.

"내가 언니야, 삼 분 언니."

해주였다. 조용히 잠자코 잘 있는다 싶더니 기어이 사달을 내고야 말았다.

"삼 분? 삼 분이래!"

"어쩐지 해주가 언니답더라. 서울에서도 일등만 한 학생이 전학 왔다고 교무실에서 난리도 아니더라. 외고가 목표라던데? 역시, 언니가 더 낫구나."

"언니인데 더 잘하는 것 당연하지 않아? 쌍둥이들 태어날 때 더 똑똑하고 좋은 건 먼저 태어난 사람이 다 갖고 나온다며?"

무슨 해괴망측한 이론이람? 좋은 것을 먼저 갖고 태어나다니!

"야! 누가 그래?"

해주보다 공부에 흥미가 좀 없을 뿐이지, 그렇다고 내가 열등생이란 소리는 결코 아니다. 나도 중위권 성적을 유지하는, 나름 모범생이다.

"누가 그러긴 옛말에 그러지. 첫째들이 원래 좋은 건 다 갖고 태어난대. 나머지는 남은 것 갖고 태어나는 거지. 물건 살 때도 봐, 좋고 예쁜 것 먼저 싹 팔리잖아."

영지의 말에 나는 어이가 없었다. 대꾸할 기력도 사라져 버렸다. 대꾸할 가치도 없는 말에 떠들어 봤자, 배만 쉽게 고프겠지.

일란성 쌍둥이의 출생에 자본주의 경제이론이 적용되리라고는 꿈도 꿔 본 적 없었는데, 질 좋고 예쁜 옷이 일찍 팔리고 후진 옷은 나중이라는 새로운 이론에 입각해 설명되다니 놀라울 따름이었다.

해주와 나를 번갈아 비교해 가며 떠들어 대는 반 아이들의 쉬지 않는 입은 활어 경매장의 활기에 버금갈 만큼의 열기와 전의로 불타오르고 있었다. 할아버지와 횟감을 싸게 사러 이른 새벽 수산도매시장에 가 보지 않았던들 오늘 우리 반 풍경을 설명할 만한 표현을 나는 결코 찾지 못했을 것이다.

1교시 시작종이 울리고 첫 수업 담당인, 플라나리아처럼 미끄덩하게 생긴 생물 선생이 들어오고 나서야 소란은 가라앉았다.

창가 쪽에서 책을 들고 수업을 시작한 생물 선생이 한 단락을 읽으며 교실 벽 쪽 분단으로 이동하더니, 해주의 얼굴을 보고 흠칫 놀란 얼굴로 뒷걸음질을 치며 외쳤다.

"어? 너, 뭐야?"

아이들의 웃음소리 속에 나와 해주는 두 눈이 마주쳤다. 재미있다는 표정으로 해주가 혀를 쏙 내밀고 나에게 눈웃음을 보냈다. 생물 선생은 해주와 나를 번갈아 보며 자신의 눈을 못 믿겠다는 듯이 몇 번이나 껌뻑거렸다. 그러더니 플라나리아가 해주와 나를 향해 소리쳤다.

"대체 너희 뭐야?"

생물 선생이란 사람이 우리 얼굴을 뚫어져라 보면서 그런 질문을 하다니! 내 옆 창문만 열려 있었다면 나는 뛰어내리고 말았을 것이다.

대문을 열고 마당에 들어서자 군복 차림의 엄마가 마루 위에서 날 반겨 주었다. 해주만 달랑 데려다 놓고 엄마가 그대로 가 버린 건 아닌지 수업 시간 내내 노심초사했다.

"엄마-아!"

나는 젖먹이 애처럼 한달음에 달려가 엄마 품에 안겼다. 빳빳하게 다려진 군복이 뺨에 닿았다. 다림질 냄새와 희미한 엄마의 향수 냄새, 땀 냄새가 들숨에 밀려들었다. 마음이 차분하게 가라앉는 냄새였다.

"우리 딸, 학교 잘 다니고 있어?"

"응."

대답하기가 무섭게 엄마가 내 엉덩이를 한 대 때렸다.

"아얏! 왜에?"

"그런데 성적이 그 모양이야?"

움찔해서 서 있는데 엄마가 피식 웃더니 나를 끌어당겨 다시 품에 안아 준다. 나는 어리광을 피우며 엄마의 겨드랑이로 파고들었다. 이럴 때면 집안에서 막내라는 나의 위치가 참으로 흡족하다.

"어이구. 갓난쟁이 짓을 하고 있네, 정난주."

엄마 품에서 빠져나와 돌아보니 해주가 대문으로 들어서고 있었다. 나와 똑같은 얼굴, 똑같은 키, 똑같은 몸무게를 가진 정해주. 머리 길이도 나와 똑같이 어깨선에서 살짝 내려오는 생머리다.

"해주야, 학교는 어때?"

'러브하우스' 별채에서 청소를 막 마친 할머니가 우리 곁으로 다가왔다. 노후에 여가 생활도 하고 돈도 벌 겸 시작한 펜션 일이 요즘 들어 할머니에게 버거워 보였다. 간단한 청소에도 할머니는 숨을 몰아쉬었다. 할아버지가 시작한 펜션 일인데 어떻게 된 게 모든 일을 할머니가 도맡아 하고 있다. 할머니는 그럴 때마다 무릎이야, 도가니야, 반복하면서 다 남편 잘못 만난 자신의 팔자 탓이라고 자조적으로 말했다.

"학교가 다 똑같죠. 객관적으로 봤을 때 나쁘지 않아요."

해주의 시큰둥한 반응에도 할머니는 긍정의 한 조각을 잡아채려고 애를 쓰는 사람 같았다.

"그랴, 그랴. 좋다니 다행이네. 헌데 침대가 하나뿐이라서 좀 그렇지?"

할머니의 말에 해주가 어깨를 으쓱해 보인다. 나는 '이 구역은 내 구역이다.'라는 사실을 분명히 할 필요가 있다고 생각했다.

"정해주, 그거 내 침대다. 내가 쓰고 있었으니까 내 거야."

"언니한테 말본새가 그게 뭐야? 아우가 언니한테 양보하고 그래 야지."

"할머니, 그런 법이 어딨어요? 침대, 내가 '러브하우스' 이불 빨래 일 년 동안 도와주는 조건으로 사 준 거잖아요!"

당장 눈앞에서 침대를 빼앗길 위기에 처하다니. 할머니는 해주의 어깨를 다독이며 걱정 말라는 시늉을 했다.

"로마에 왔으면 로마법을 따르라고 했다. 여긴 내 집이니 할미 말 들어야지, 암."

다 틀려 버렸다. 하지만 쉽게 물러설 내가 아니다. 일단은 입다물고 있기로 했다. 이 보 전진을 위한 일 보 후퇴다.

"그 좋다는 서울 학교 놔 두고 해주가 요 쪼매난 학교 다녀서 쓰 겠냐, 미진아?"

할머니의 말에 엄마가 군복 바지를 만지작거렸다.

"할머니, 난 괜찮아요. 오히려 여기 학교가 내신 따기도 훨씬 쉬워서 일류 대학 가기에 더 나아요."

일류 대학이라는 말에 할머니의 주름진 눈가에 웃음이 가득하다. 할머니는 일등, 일류라는 말을 엄청나게 좋아하신다. 일등이란 것을 해야만 세상을 잘 살 수가 있다고 믿는 할머니다. 하긴, 내가 성적으로 할머니에게 기쁨을 준 적이 없으니······.

"그런데 미진이, 너는 왜 이렇게 갑자기 해주를 전학시키냐?"

할머니의 질문에 해주의 낯빛이 어둡게 변하는 것을 나는 놓치지 않았다. 아무래도 뭔가 있는 것이 분명했다.

열여섯 해를 살면서 나에게 눈부시게 발전한 능력이 있다면 그것은 바로 '감과 눈치'다. 잦은 전학과 나름의 눈칫밥을 먹으며 자란 나는 거의 동물적인 수준의 감과 눈치를 익혔다. 나의 예상대로 엄마와 해주 사이에 무슨 일이 있었던 것이 분명했다. 엄마는 진급 시험 운운하며 허둥댔고, 해주는 입술을 씰룩거리더니 입을 다물었다.

할머니는 해주도 함께 살게 되었다고 좋아하셨지만, 엄마가 또다시 전방 근무지로 갈지도 모른다는 이야기에 눈살을 찌푸렸다. 할머니에게 전방은 악몽이나 다름없었다. 아빠가 우리를 버리고 가 버린, 끔찍한 기억의 장소이니까. 직업 군인이었던 엄마와 아빠가 서로 만나 사랑을 싹 틔운 곳은 휴전선을 코앞에 둔 최전방이었다. 지오피 근무를 서면서, 그야말로 목숨 건 연애를 했다고나 할까. 아무튼 두 분은 대남방송을 들으며 한결같은 사랑을 했고 나라를 지키면서 사랑도 함께 지켰다.

하룻밤 자고 가라는 나의 부탁에도 엄마는 부대 일이 바쁘다며 서둘러 가 버렸다.

"대한민국은 너희 엄마 혼자 다 지키는 모양이구나, 원."

"국가 일이란 게 그렇지. 밥만 하는 할매가 뭘 아나?"

할아버지가 엄마를 두둔했다. 엄마가 하룻밤 양보하고 우리랑 함께 자고 갔다면 좋았을 텐데……. 나 또한 아쉬움은 컸다.

저녁을 먹은 후, 다 함께 마루에 둘러앉아 텔레비전을 보았다. 할아버지는 작은 상 앞에 앉아서 각종 세금 고지서를 검토하는 중이었고, 할머니는 드라마 삼매경에 빠져 혼자 무릎을 치고 여주인공을 괴롭히는 시어머니와 남편을 세트 메뉴로 묶어 욕을 해 대고 있었다.

"어이구, 어이구. 저것 봐라. 돈 없으니까 저 여자 저렇게 멸시 당한다. 그나저나 어쩜 저렇게 재미나게 이야기를 잘 만들어 내누?"

"그깟 거짓부렁이 뭐가 재밌다고 희희낙락거려? 암튼 여편네가 전기세 무서운 줄 모르고 쓸데없는 것만 본다."

"하이고, 내가 이 나이에 전기세 무서워서 드라마 하나도 제대로 못 봐야겠수?"

할아버지의 돈타령 앞에서 할머니의 잔소리가 시작되려고 한다.

"요즘 손님도 없어서 매상이 바닥인데 전기세로 돈을 작살내는 구먼."

할아버지의 비아냥에 할머니가 텔레비전에서 눈길을 떼지도 않은 채, 리모컨만 꼭 쥐고 있다. 거친 손마디에 힘이 잔뜩 들어간 것이 내 눈에도 보였다.

"걱정 마쇼. '러브하우스'에 예약 하나 있으니. 그걸로 전기세 내면 될 것 아니오!"

과일을 먹으며 할머니는 해주의 영민한 머리와 놀라운 성적을 입에 침이 마르도록 칭찬하며 같은 날 태어난 쌍둥이인데 왜 내 성적은 중위권을 벗어나지 못하는지 궁금해했다. 이 상태로 가다간 해주에게 온갖 특혜가 주어지는 것은 시간문제였다.

"할머니, 내가 베스트셀러 작가 되면 그걸로 게임 끝이거든요. 전기세고 뭐고 상관없이 종일 할머니만 볼 수 있게 엄청 큰 텔레비전 사 드릴게요."

"저 계집애는 누굴 닮아서 저렇게 머리에 바람만 잔뜩 들어갔나 몰라. 큰일이다, 큰일이야."

나의 꿈과 야망이 할머니에게는 허튼수작쯤으로 여겨지나 보다. 나는 소설가가 될 것이다. 그냥 하루하루 라면이나 끓여 먹으며 연명하는 작가가 아닌 대박 작가. 전 세계를 돌며 팬 사인회도 하고 낯선 나라에서 작품 구상도 하면서 우아하게 살 것이다. 내가 쓴 소설이 드라마도 되고 영화도 되겠지? 기차게 잘생긴 남자 배우들이 나한테 '작가님, 작가님' 하면서 줄을 설 것이다. 이탈리아 토스카나 지방에 근사한 저택을 얻어 멋진 이탈리아 꽃미남들에게 '차오 벨로(Ciao, bello. 안녕, 잘생긴 청년아!)' 하면서 손을 흔들어 줘야지.

"지 에미 머리 닮았으면 해주처럼 전교 일등을 하지."

"하아! 할머니! 대박 작가 아무나 되는 거 아니거든요. 그깟 전교 일등하고는 비교도 안 된다구요!"

왕창 열 받는다. 열 받지 말라고 고사를 지내도 할머니의 이런 비교 발언에는 성인군자도 거품을 물고 발끈할 노릇이다. 여기서 물러설 수는 없었다. 자존심 문제였다. 의기양양한 표정으로 할머니 곁에 껌처럼 딱 붙어 앉아 날 향해 비웃음을 날리는 해주의 얼굴을 보고 있자니 정상 혈압도 고혈압으로 치솟을 지경이다.

"할아버진 제 말 믿죠? 내가 베스트셀러 작가가 된다는 거요."

상 위에 펼쳐 놓은 가계부에서 눈길을 뗀 할아버지가 나를 돌아봤다. 전자계산기 위에서 바삐 움직이던 손은 말일이라 가계부 정리에 여념이 없었다. 해주가 할아버지 댁에서 함께 살게 된 이상, 어떻게 해서든지 내 편이 필요했다. 보나마나 할머니는 이미 해주 편이니까. 그렇다면 남은 방법은 할아버지를 공략하는 수밖에 없다. 나는 베스트셀러 작가가 되면 할아버지에게 남미로 크루즈 여행을 보내 주겠다고 호언장담을 했다. 불안한 마음에 독일 명차까지 팁으로 얹어서 제시했다.

"정해주, 너는 공부 왜 하냐? 공부 잘하면 나한테 뭐 해 줄 테냐?"

할아버지의 질문에 해주가 황당하다는 표정을 지었다. 그러나 평소의 해주답게 또박또박 대답을 한다.

"난 학생이고 이왕 공부하는 거 잘해서 나쁠 것 없잖아요. 시험 잘 보면 엄마도 좋아하고 나도 기분 좋으니까요."

빙고! 해주의 말은 하나도 틀린 것이 없다. 하지만 할아버지의 질문 앞에서 해주의 대답은 전혀 옳지 않은 것투성이다. 해주의 모범생다운 대답 앞에 할아버지의 얼굴이 살포시 일그러졌다.

"난주는 할애비한테 크루즈 여행시켜 준다잖냐. 너도 뭐가 있을 거 아냐."

"할아버지. 이런 유치한 질문 갖고 난주랑 저 사이 갈라놓지 마세요. 그리고 학생이 공부를 할 때는 다 자기 자신을 위해서 하는 거예요. 실업률도 장난 아닌데 부모님한테 손 내밀고 살지 않으면 다행이죠."

탁, 하는 소리를 내며 할아버지가 자신의 무릎을 호쾌하게 쳤다.

"너보다 고작 삼 분 늦게 태어났을 뿐인데 난주는 해주, 너보다 삼십 년은 더 산 것처럼 속 깊은 대답을 한다. 수입차란다, 크루즈란다! 작가가 되어서도 이 할애비를 위해 이런 것들을 아무렇지 않게 해 주겠다고 약속을 하잖냐. 어른을 알아 모실 줄 알아, 난주는! 키운 공을 아는 게지."

아무리 나를 칭찬한 말이었지만 나는 죽고 싶을 만큼 창피했다. 해주는 할아버지와 나를 병한 얼굴로 보고 있었다. 과장과 비약의 산증인, 우리 할아버지 송주봉 씨!

할아버지의 말에 할머니가 혀를 찼다.

"잘하는 짓이구랴. 할애비란 사람이 손녀딸 앉혀 놓고 참."

해주가 예의 그 잘난 표정을 지으며 똑소리 나게 종알거렸다.

"제가 노력해서 공부한 걸로 뭘 해 주고 말고 할 게 있나요. 전, 제 성적표 갖고 어른들과 거래하지 않아요, 할아버지. 사람 일은 모르는 거거든요."

정해주, 똑똑한 계집애. 틀린 말은 절대로 하지 않는다. 어쩜 저렇게 제 할 말만 딱 부러지게 해 댈까. 할아버지가 소리 나게 가계부를 덮었다. 쓰던 가계부를 덮는 일은 할아버지에게 좀처럼 없는 일이다.

"해주야! 공부만 잘하면 뭐 하냐. 사람이 말이다, 너만 잘났다고 다가 아니야. 부모도 알고 형제도 알아야지. 공부 잘해서 얻다 쓰냐. 네 성적표에만 쓸 거야?"

구관이 명관이고, 할아버지 답이 정답이다.

아무래도 심상치 않았다. 저렇게 퉁퉁 부은 눈을 하고 숙박부를 쓰는 여자애는 '러브하우스'에 처음이었다. 이름 석 자를 적어 내려가는 손가락이 유난히도 위태롭게 느껴졌다. 파들파들 떨리는 손끝만큼이나 여자애의 글씨 역시 흔들리는 것 같았다.

'강석우.'

한 달 전에 예약한 방이었다. 지금 내 눈앞에 서 있는 여자애의 이름이라고는 상상할 수 없는 이름이었다.

"저, 묵는 분 이름 적으셔야 하는데……."

근원지를 찾을 수 없는 미안함에 나는 기어들어 가는 목소리를 냈다. 여자애는 파리한 얼굴로 고개를 끄덕여 보였다.

'강석우, 연푸른.'

여자애의 이름은 연푸른이었다. 낭만적인 이름이었다. 발음해 보면 작은 바람이 입술을 통해 일어날 것 같았다. 연락처까지 적어 넣은 숙박부를 돌려받으며 나는 펜을 들어 '강석우' 이름을 지우려고 했다. 그러자 여자애의 손이 숙박부를 덮었다. 필요 이상의 몸짓이었다. 숙박부를 낚아채다시피 한 여자애의 손놀림에 종이 귀퉁이가 찢어졌다.

'강석우, 이름 석 자가 뭐라고.'

"지우지 말아요. 올 거예요, 이 사람."

스스로의 행동에 놀랐는지 연푸른은 연신 나에게 미안하다고 했다. 나는 스카치테이프로 찢긴 숙박부를 붙이며 웃어 주었다. 여자애는 한참을 서서 찢어진 부분을 테이프로 붙이는 내 손을 바라보았다. 묘하게 서러운 눈빛이었다. 그 눈빛 때문에 더욱 정성스레 종이를 이어 붙였다. 가슴이 들썩였다. 가족 단위로 찾아오는 시끌벅적한 손님만 보다가 '러브하우스' 이름에 비로소 걸맞은 뭔가 사연 있는 여자 손님을 맞이한 것 같아 나는 적잖이 두근거리기 시작했다.

'신이 드디어 내게 진정한 영감을 내려 주시는구나!'

제대로 된 로맨스를 쓸 수 있는 날이 드디어 온 것이다.

씻고 방에 들어가 보니 해주가 하나밖에 없는 침대에 떡하니 누워 있었다. '러브하우스'에 남아 있는 빈방을 줘도 될 것을, 할아버지는 돈 안 되는 것들에게 더 이상의 소비는 불필요하다고 판단을 내린 모양이었다.

"너, 지금 뭐 하는 거냐?"

"보면 모르냐? 자려고 누웠잖아."

"누가 몰라서 물어? 거기 내 침대거든. 내려오시지."

해주가 침대 위에 굴러다니던 베개 하나를 집어 들더니 나를 향해 던져 주었다. 엉겁결에 날아든 베개를 받아 들었다.

"나, 바닥에서 못 자. 딱딱해서 등이 배긴단 말이야."

"야! 정해주. 그러는 내 등은 매트리스냐? 나도 배기거든. 얼른 내려오지."

"싫어."

여기서 순순히 물러선다면 난 정난주가 아니다. 하지만 '러브하우스'에 소설적 영감을 내려준 신에 대한 예의가 아니기에 오늘 밤은 일단 참기로 마음먹었다.

비좁은 싱글 침대에서 버틸 수 있을 때까지 버텨 보자는 심정으로 엉덩이를 붙이고 앉았다. 둘 다 끝까지 내려가지 않겠다는 의사를 분명히 했다. 해주와 나는 둘 중 한쪽이 불편해서 항복할 때까지 좁은 싱글 침대 위에서 함께 자기로 타협을 보았다.

"야, 이 집에는 네가 늦게 들어왔으니까 나한테 언니 대접받을 생각하지 마. 알겠냐?"

"흥, 웃기셔. 그런 게 어딨냐?"

"어딨긴, 여기 있다."

"어쭈, 정난주. 많이 컸다."

"너랑 키 똑같거든."

노트북을 끌어안고 첫 문장을 시작했다. 내 노트북에는 시작하다가 만 문장들이 끝을 모르고 널브러져 있었다. 하지만 이번에는 느낌이 왔다.

"뭘 쓰는 거야? '밤을 밝히는 손이었다. 그토록 가늘고 슬픈 손마디는 본 적이 없었다.' 참 나, 별스러운 손도 다 있네."

안 보는 척하면서 해주가 내가 쓴 문장을 읽었다.

"야! 부정 타. 뭘 읽어?"

나는 해주의 트렁크를 발로 냅다 걷어찼다. 고장 난 트렁크 문짝이 활짝 열렸다. 열린 트렁크 안에서 약병 두어 개가 또르르 굴러 나왔다. 해주가 잠깐 나를 노려보더니 약병을 정리가 안 된 옷더미 속에 쑤셔 넣었다.

"그게 뭐야?"

"영양제다. 먹고 힘내서 정난주, 너 버릇 좀 고쳐 주라고 엄마가 영양제 사 줬다, 왜?"

나를 할아버지 댁에 맡길 때에는 오지도 않더니만 엄마는 해주를 맡기면서는 해주를 조수석에 태우고 부대에 외박까지 허락받고 손수 운전을 해서 왔다. 똑같은 자식인데, 누구는 고아처럼 할아버지 댁에 맡겨지고 누구는 눈물, 콧물 다 뽑아 가면서 엄마의 손을 잡고 할아버지 댁에 온단 말인가. 서운한 마음에 괜히 해주에게 심술을 부렸다.

"그 잘난 영양제 내 눈에 안 띄는 곳에서 먹어 주라. 부탁이다."

"넌 내 영양제가 부럽니?"

갑자기 뜬금포라니. 누릴 것 다 누린 애들이 더 무섭다더니, 그 말이 딱이다.

"왜 온 거야, 여기?"

해주가 내 곁에 이불을 뒤집어쓰고 돌아누웠다. 벽 쪽은 내 자리인데 뺏겼다.

인정하기 싫었지만 해주는 뭐든지 쉽게, 쉽게 잘했다. 시험만 봐도 그렇다. 나는 시험 보기 두어 달 전부터 밤잠을 설치며 죽도록 노력했다. 잠들기 전까지 영어 단어를 외우고 모닝콜 대신 영어 시디를 들으며 일어났다. 바보 같은 짓이었지만, 완벽한 발음을 위해 밥을 먹더라도 마가린을 넣고 비벼 먹었으며 버터를 혀에 바르기도 했다. 그러고도 나는 영어 시험에서 80점을 넘지 못했다. 하지만 해주는 시험 보기 이틀 전이 되어서야 '그럼, 나도 시험 좀 제대로 쳐 볼까?' 하고 말 한번 슬쩍 흘리더니 일등을 해 버렸다. 그러나 열등생이라는 나의 좌절감은 잠시뿐이었고 우리는 서로 각자의 삶을 살기에 바빴다. 초등학교 3학년이 되어서야 처음으로 나는 '쌍둥이'라는 굴레에서 벗어나 자유로울 수 있었다. 엄마는 해주의 탁월한 학습 능력을 위해 서울로 전출 명령을 받자마자, 해주를 서울의 명문 초등학교로 전학시켰고 무사히 특목중에 입성한 해주에게 과외까지 붙였다. 나는 해주의 그늘 아래에서 자유롭고 싶다는 나름의 이유와 워킹맘인 엄마의 노고를 덜어 주겠다는, 다소 기특한 결심을 앞세워 외가행을 선택했다. 그렇다고 내가 대단한 효녀는 아니다. 더 이상 사람들이 나와 해주의 얼굴을 번갈아 보며 비교하는 것에 싫증이 났을 뿐이었다.

떨어져 살고부터 사람들은 나를 정해주와 헷갈려 하지 않았다. 학교에서 나같이 생긴 애는 정난주, 나 하나뿐이었으니까.

무의식적으로 손톱을 입에 물었다. 작고 동그란 검지 손톱이 발갛게 변해 있었다. 손톱을 물어뜯는 버릇은 바로 애정 결핍 때문이라고 하던데 딱 맞는 말이었다. 여태껏 인생을 살면서 언제 제대로 된 애정 공세를 받아 봤어야 말이지…….

가늘게 코 고는 소리가 방 안에 울렸다. 언니가 돌아왔다. 열여섯, 인어공주가 육지에 올라올 수 있는 나이. 나에게 열여섯은 쌍둥이 언니 정해주에게 제대로 시달리기에 충분한 나이이다.

그나저나 엄마라면 끔뻑 죽는 애가 이상했다. 엄마를 배웅하지도 않았다. 둘 사이에 뭔가 있는 게 틀림없다. 사춘기가 이제 왔으려나? 하지만 느낌상 사춘기로 퉁치기에 뭔가 꺼림칙한 분위기가 둘 사이를 감싸고 있었다. 사실 일방적이라고 할 수 있었다. 엄마의 눈을 똑바로 보지 않는 것은 해주뿐이었으니까.

간밤에 그토록 아침이 오지 않기를 이불 속에서 빌었건만 자는 동안에 지구의 공전과 자전이 확실히 행해져서 아침은 내 기도를 무시하고 보란 듯이 찾아왔다. 날씨까지 끝내주게 좋았다. 구름 한 점 없는 화창한 하늘하며 선선한 공기는 가을이 다가왔음을 알리기에 조금도 모자람이 없었다. 그야말로 천고마비의 계절을 증명하는 데에 한 치의 오차가 없는 날씨였다. 하늘이 높고 말이 살찌는 대신 내가 엄청나게 살이 쪄서 집 밖으로 걸어 나갈 수 없게 돼서 학교에 갈 수 없으면 하고 바랄 뿐이다.

"언니랑 같이 가라니까. 저놈의 계집애가 누굴 닮아 저리 야멸차? 정난주, 언니랑 같이 가라니까!"

마루에서 할머니가 고래고래 소리를 쳤지만 나는 뒤도 돌아보지 않고 냅다 뛰었다. 상쾌한 아침 등굣길을 해주와 함께해서 망치고 싶지 않았다. 어차피 앞으로 등굣길은 내내 망칠 게 뻔한데 오늘까지 희생하고 싶지 않았다. 안 그래도 남자애들이 해주와 나를 두고 'OX 퀴즈'를 시작했다. 누가 난주이고 누가 해주인지 맞히는 게임이란다.

03

:

다를 수 있을까?

전생에 귀신이었나, 떨어져 사는 동안 소리 없이 걷는 방법이라도 연마했나 보다.

"쟤야?"

해주가 턱 끝으로 운동장 골대 앞을 가리켰다. 박용준이 모래바람을 일으키며 축구공을 몰고 있었다. 거침없는 슛 동작이 부상을 입은 아이라고 상상할 수 없을 만큼 완벽했다. 반면에 한참견은 골을 먹고도 뭐가 좋은지 헤벌쭉 웃고 있었다.

'어이구, 바보야. 웃지 마라.'

사실 박용준은 우리보다 한 살 많다. 축구를 시작한 초등학교 시절부터 유망주로 주목받던 선수였다. 문제는 중학교 3학년 때 전국대회에 나갔다가 우승을 코앞에 두고 부상을 당했다. 운동선수들이야 늘 크고 작은 부상을 몸에 달고 사니까 그러려니 하겠지만 박용준의 부상은 제법 심각했나 보다. 학교를 일 년 휴학할 정도였으니까.

전직 축구 선수였던 체육 선생은 틈만 나면 아이들 무리에게 축구공을 차 댔다. 축구공에 꿀이라도 발라 놨는지 성장기의 남자애들은 미친 듯이 공을 향해 뛰어들고는 했다. 오늘도 어김없이 체육 선생은 힘찬 호루라기 소리와 함께 축구공을 공중으로 띄웠다. 공은 푸른 하늘을 향해 빨려 들어가듯 날아갔다.

한쪽에서 여자애들은 피구를 했다. 공에 맞아 아웃당한 여자애들은 스탠드 앞에 삼삼오오 모여 앉아 병든 병아리처럼 졸거나 수다를 떨기에 바빴다. 운동 신경이 없는 해주와 나는 일찌감치 공에 맞은 덕분에 나란히 그늘에 앉아 쉴 수 있었다.

"승률이 0프로였다며?"

"무슨 소리야?"

해주가 입술을 씰룩거렸다. 나는 얘가 이렇게 웃는 게 가장 싫었다.

"고백을 할 때 하더라도 승률 계산을 해 보고 들이댔어야지. 정난주, 너는 정씨 집안 여자들의 자존심을 뭘로 아는 거니?"

발 없는 말은 천 리를 가고 소문은 무서운 기세로 해주 귀로 들어갔구나. 나는 꿋꿋하게 내 의사를 밝혔다.

"야, 정해주. 사랑 앞에 그깟 자존심은 아무 소용없는 거야. 네가 사랑을 어찌 알겠니?"

"응, 몰라. 그래도 확률 계산은 확실히 하니까 너처럼 고백하는 족족 차이지는 않겠지. 흐흐흐흥. 도대체 왜 좋아한 거야?"

나는 해주에게 박용준을 짝사랑하게 된 사건을 말해 주었다. 그날, 길에서 박용준이 유기견을 괴롭힌 사람이랑 싸워서 이기는 장면을 목격하지 않았더라면, 더러운 개를 품에 안고 다정하게 쓰다듬으며 '괜찮아.'라고 말하는 것을 듣지만 않았더라면, 아마도 박용준에게 반하는 일 따위는 없었을지도 몰랐다. 박용준의 다정함은 내 몫이 아니라 그 유기견의 몫이었다는 걸 빨리 깨달았으면 좋았을까.

축구공이 해주와 나 사이로 굴러 들어왔다. 무슨 코미디도 아니고 갑자기 정적이 흘렀다. 그냥 아무나 '공 던져!' 하면 될 것을 멍청한 남자애들은 꿀 먹은 벙어리마냥 해주와 내 얼굴을 번갈아 보며 갈등하는 듯했다. 땀으로 범벅이 된 남자애들이 뭘 생각하는지 고스란히 얼굴에 드러났다. 모두들 누구의 이름을 불러야 할지 몰라서 갈팡질팡하고 있는 꼴이 가관이었다. 괜히 부아가 나서 축구공을 차 주지 않을 거라 다짐했다. 해주가 나를 힐끗 보더니 축구공을 차 주려는 듯 몸을 움직였다. 나는 해주의 팔을 잡으며 옆에 그대로 앉혔다.

"그냥 둬. 쟤들이 가져가게 놔 둬."

"왜?"

"글쎄, 그냥 놔 둬. 우리가 공 주워 주려고 학교 왔니?"

등 뒤에서 여자애들이 '누가 해주고 누가 난주야?' 하는 소리가 들렸다. 이 상태로 가다간 어릴 때처럼 누군가 하나는 머리카락을 잘라야 하는 사태가 또다시 벌어지는 것은 아닐까. 이번만은 절대로 짧은 머리를 하지 않겠다. 남들 헷갈린다는 이유로 더 이상 내 고운 머릿결을 희생시킬 수는 없는 노릇이다.

"정난주! 공 좀 차 줘."

한참견이었다. 겁도 없이 어디서 공을 차라 마라야, 하고 모른 척 앉아 있는데 해주가 그새를 못 참고 일어서서 남자아이들을 향해 축구공을 찼다. 하늘 위로 시원하게 포물선을 그리며 축구공이 날아갔다.

"정해주, 고마워!"

또다시 한참견이었다. 온몸에 서늘한 기운이 맴돌았다. '정해주, 고마워!'라고 분명히 말했다. '정난주, 고마워!'가 아니고 '정해주, 고마워!'라고 똑똑히 소리쳤다. 한참견만 나를 알아봤다. 하고많은 친구들 중에 하필이면 왜 한참견이란 말인가. 박용준이 나를 알아보면 좀 좋아?

"쟤가 어떻게 알았지?"

해주가 놀란 얼굴로 나를 쳐다보며 호들갑을 떨었다. 입안이 바짝 말라 혀가 입천장에 들러붙었다. 체육 시간이 끝나는 종소리가 운동장에 울려 퍼졌다. 종소리가 울리기 무섭게 자리에서 일어나 수돗가로 달려가는 한참견의 뒤꽁무니를 쫓았다.

"어떻게 알았어?"

수도꼭지에 머리를 박고 있던 한참견이 천천히 고개를 들어 나를 쳐다보았다.

"알면 안 되는 거야?"

한참견은 아주 여유로운 모습으로 당연하다는 표정을 지으며 거드름을 피웠다. 물기가 채 가시지 않은 얼굴로 나를 보는 한참견은 장난스럽게 웃고 있었다.

"어떻게 알았나니까."

"뭐랄……까. 냄새가 달라."

"뭐? 냄새?"

향기도 아니고 냄새라니, 나를 좋아한다고 떠벌리고 다니는 녀석이 할 말은 아닌 듯했다.

"야! 너 여학생한테 냄새라니? 죽고 싶어?"

"아니, 그러니까 그게……."

"그만, 됐어."

나는 한 손을 들어 한참견의 말을 가로막았다. 더 이상 듣고 싶지 않았다. 대체 나한테서 무슨 악취라도 나는 것일까? 냄새 따위로 나를 해주와 구분하다니, 자존심에 금이 팍팍 가는 소리였다.

마을 입구 게시판에 본격적인 이장 선거를 알리는 공고문이 붙기가 무섭게 할아버지가 흑염소 1호를 잡았다. 세 마리의 흑염소를 가족보다 더 귀하게 여기는 할아버지로서는 엄청난 결심을 한

증거라 하겠다.

"기네스북에 오르겠네."

"기네스북?"

"할아버지가 애지중지하는 흑염소를 잡았으니 뭔가 엄청난 일이 벌어지고 있는 게 분명해."

"기껏해야 염소인데, 뭐."

"야, 정해주! 넌 몰라도 너무 몰라. 할아버지한테 흑염소보다 중요한 것은 없어. 할아버지의 흑염소는 뭐랄까…… 그래, 국보 같은 거야."

할아버지에게 흑염소는 이 세상, 유일한 애정의 대상이었다. 오죽하면 할아버지와 다툰 할머니가 항상 '그리 중한 염소 새끼랑 살림 차리지 그랬수!'라며 한탄했을까. 재작년, 담낭 제거 수술을 받았던 할머니가 수술비로 쓰자고 팔자고 했을 때도 안면몰수했던 할아버지다.

할아버지는 흑염소 1호를 잡은 날, 동네잔치를 벌였다. 그냥 벌인 것도 아니고 아주, 매우, 몹시 떠들썩하게 잔치를 벌였다. 덕분에 언니와 나, 할머니, 옆집 아줌마까지 모두 동원돼서 자정이 넘도록 죽어라 일을 해야만 했다. 본채와 뒷문을 통해 이어진 '러브하우스' 사이의 공터에서 집안의 온갖 행사가 치러지는 덕분에 펜션 손님으로 묵고 있는 연푸른까지 어느새 방에서 나와 일손을 도왔다. 할머니는 미안함에 연푸른에게 숙박비를 깎아 주겠다고 했다. 나중에 대학 가서 서빙 아르바이트를 하게 된다면 타의 추종을 불허할 수 있을 정도로 해주와 나는 그날 서빙의 모든 것을 습득했다. 그나마 다행인 것이 우리 집이 대전 시내에 있지 않아서 반 친구들이 이런 사실을 모른다는 점이다. 할머니의 교육열 덕분에 우리는 대전 시내까지 버스로 사십 분 거리를 통학해야 한다는 것에 가슴을 쓸어내렸다. 물론 근처 전원주택단지에 사는 한참견에게는 비밀이 될 수 없었지만, 한참견이야 내가 입 다물라면 입도 벙끗 안 할 애니까 괜찮다.

작은 읍에서 이장직은 절대 권력이었다. 대통령도 이보다 못할 것이라고 할머니가 말했다. 흑염소 1호는 할아버지의 이장직이라는 권력 쟁취를 위해 장렬히 흑염소 탕으로 전사했다. 어제까지만 해도 '러브하우스' 뒷마당에서 가벼운 발걸음으로 뛰놀던 흑염소 1호는 동네 사람들 앞에 놓인 사기그릇 안에 새 보금자리를 마련했다. 흑염소 1호는 수십 인분의 고기와 국물로 변신을 한 채, 사기그릇 안에서 할아버지의 연설을 동네 사람들과 함께 듣게 되었다. 할머니와 우리는 자정이 넘어서야 온갖 심부름과 설거지에서 겨우 벗어날 수 있었다. 영악한 해주는 내일 있을 영어 쪽지 시험을 핑계 대며 그릇 뒷정리에서 빠져나갈 수 있었지만, 나는 해주만큼의 영어 성적을 내지 못한다는 이유로 늦게까지 꼼짝없이 그릇 정리를 도와야만 했다. 성적으로 이렇게 차별하는 법은 없다고 항의하려는데 구세주가 나타났다.

"내가 마른행주로 닦을게."

연푸른이 내 손에서 물기가 흥건한 그릇들을 가져갔다. 말없이 묵묵히 서빙을 도운 것도 고마운데 끝까지 남아서 돕는 모습이 감동으로 다가왔다. 피를 나눈 자매보다 훨씬 나았다. 앳된 얼굴에 비해 유달리 차분한 분위기가 이 애를 어른스럽게 느껴지게 했다.

"언니, 혼자 여행 중이에요? 언제까지 여행하는데요?"

"글쎄…… 내 마음을 내가 정확히 읽어 낼 수 있을 때까지."

알쏭달쏭이라는 표현은 이럴 때 쓰는 것인가. 대화를 나누면 나눌수록 알 수 없는 사람이 연푸른이었다. 통통한 체구만 아니었다면 파리한 낯빛 때문이라도 비련의 여주인공감으로 딱이었다. 전구가 나가려는지 부엌 전등이 깜빡거렸다. 흔들리는 불빛 아래서 쉬지 않고 움직이는 연푸른의 야무진 손놀림에 나는 넋을 놓고 있었다. 연푸른의 손가락 사이사이로 나는 '강석우'라는 이름의 흔적을 쫓았다.

"언니, 전에 숙박부에 적었던 강석우란 사람, 남친이에요?"

내 질문에 연푸른의 손놀림이 멈추거나 그릇이라도 떨어뜨렸어야 했으나, 아무 일도 일어나지 않았다. 여전히 연푸른은 빠른 손놀림으로 마른행주질에 여념이 없었다.

"얼른 하고 자자. 피곤하네. 너도 내일 학교 가야 하잖아."

나 따위에게 개인사는 밝히지 않겠다는 그녀의 단호한 의지였다. 하긴, 반나절 함께 탕 그릇을 날랐다고 미주알고주알 개인 사

50

정을 떠들어 댈 필요는 없겠지. 인정한다, 내가 또 오버했다.

'러브하우스'에서 일을 정리하고 본채로 건너갔다. 마당에 들어서자마자, 내 방 창문을 쳐다보았다. 시험이 어쩌고저쩌고 하더니만 정해주는 벌써 자나 보다. 불이 꺼진 내 방을 보면서 이를 갈았다. 공부 좀 한다는 인간들은 왜 저리 이기적인지 모르겠다. 내 방으로 가려는데 큰소리가 났다.

"내 나이가 몇이오? 일흔 하고도 넷이오! 내 도가니는 생각도 않고 이렇게 일을 벌여야겠소! 영감 입이 있으면 말씀 좀 해 보시구랴!"

"나보다 나이 많아 좋겠수다, 마누라."

기름을 부어도 저렇게 부을 수는 없는 법이다. 할아버지의 주특기가 얼굴 표정 하나 안 바꾸고 사람 속을 뒤집어 놓는 것이지만, 연상녀인 할머니가 나이 언급에 유난히 과민 반응을 보인다는 것을 알면서 저런 멘트를 날리는 것은 경우에 어긋난다. 온종일 발을 동동 구르며 일한 할머니는 무릎 관절이 쑤셨는지, 밤늦게 대변을 보고 나온 할아버지와 마주치자 억눌렀던 화를 참지 못하고 폭발시키고 말았다. 그깟 이장질에 마나님의 무릎이 뽀사져야 고소하겠느냐고 목소리를 높였다가 결국 할아버지와 다투고 말았다. 할아버지는 지아비의 포부를 위해 뒷바라지도 못 하는 할머니에게 그런 마음가짐으로 여태껏 어찌 한 이불을 덮고 같이 살았냐며 원통해했다.

마루에 걸려 있는 할아버지와 할머니의 빛바랜 젊은 시절의 사진이 눈에 들어왔다. 이 세상에 서로밖에 없는 듯한 모습으로 마주 보고 있는 할아버지와 할머니의 옛 사진이 새빨간 거짓말처럼 느껴졌다. 사진 속에서는 그 누구보다 사랑스러운 부부처럼 서로 바라보고 있으면서 말이다.

한참견이 벌써 사흘째 점심을 굶고 있다. 자기가 무슨 수도승이라도 되는 줄 아나 보다. 끼니를 굶은 열여섯 살 남자애의 모습은 달라이 라마처럼 멋있어 보이지 않는다. 빈곤하고 멍청해 보일 뿐이다. 오죽 못났으면 자기 밥그릇도 못 챙길까 하는 생각이 들었다.

"한참견, 넌 진정한 바보야."

한참견을 두고 달리 뭐라고 표현할 수 있겠는가. 급식비를 치만 오빠한테 홀랑 주고 나면 틀림없이 받지 못한다는 것을 잘 알면서 그 돈을 고스란히 치만 오빠 손에 쥐어 주니 말이다. 치만 오빠는 한참견이 한 달 내내 점심 급식을 먹든 말든 동생의 급식비를 게임방에서 쓰거나 술값으로 탕진할 것이 확실했다. 죽 쒀서 개 준다는 옛말이 오늘처럼 그럴싸해 보인 적이 없다. 치만 오빠에게 급식비를 빼앗기고도 한참견은 자존심에 새엄마한테 돈 달라는 말도 못 꺼냈을 것이 분명했다.

한참견에게는 위로 누나가 둘, 그리고 문제의 치만 오빠가 있다. 누나들이야 모두 결혼을 했고 멀리 사니까 별 상관없지만, 하긴

훗날 참견이가 결혼을 한다면 그 누나 둘도 참견의 인생에 적지 않은 걸림돌이 될지도 모르겠다. 할머니 말이 시누이가 둘 이상인 집으로는 딸을 보내는 게 아니라고 했다. 그런 곳으로 시집을 가면 느는 것은 살림이 아니라, 줄줄이 고생이라고 했다. 어디서 뭘하는지 알 길이 없다가 돈 떨어지면 집으로 들어오는 치만 오빠는 만복 할아버지와 한참견의 골칫덩어리였다. 세상에 존재하는 온갖 사고란 사고는 다 쳐 본 사람이 바로 한치만 오빠일 것이다. 사실, 치만 오빠는 한참견의 피붙이도 아니다. 한참견의 새엄마가 재가하면서 데리고 온 자식이니까.

'한치만'이라는 이름은 우리 마을은 물론이고, 작은 소도시인 읍내에서도 유명하다. 무면허 오토바이를 시작으로 외상 술값 같은 것은 애교로 봐줄 정도였다. 세상을 일찍 알고자 했던 치만 오빠는 고등학교를 졸업하기 석 달 전에 집을 떠나서 큰물로 나갔다. 만복 할아버지와 한참견은 아마도 치만 오빠가 서울로 가서 돈을 버는가 보다, 했다고 한다. 하지만 치만 오빠의 큰물은 말 그대로 큰물이었다. 치만 오빠는 참치잡이 배를 타고 망망대해의 태평양 중남부를 향해 홀연히 떠났다. 물론 사고뭉치 치만 오빠가 뒤늦게 철이 들어 제 발로 원양어선을 탄 것은 아니고 대형사고를 치고 울며 겨자 먹기로 원양어선을 탔을 것이라고 동네 사람들은 추측했다. 들리는 말로는 작은 통통배를 타고 남해에서 멸치잡이를 하는 수밖에 없었는데 치만 오빠가 '사나이 대장부, 뽀대가 있지 통통배라니, 어림도 없어!'라며 참치잡이 배에 몸을 실었다고 한다. 오빠가 친 사고는 도박 빚이라는 소리도 있었고 여자 문제라는 소문도 무성했다. 하지만 그 어느 것 하나 입증된 것은 없었다.

"너, 그거 아냐?"

"뭐?"

"우리나라 참치잡이 원양어업 기지가 있는 거."

진지한 얼굴로 한참견이 참치잡이에 대해 설명하려는 모양이었다.

"야, 참치잡이에 기지가 어딨냐? 그냥 많이 잡아서 맛있게 구워서 먹으면 그만이지."

다른 건 몰라도 나는 한참견이 내 앞에서 잘난 척하는 꼴은 절대로 못 본다. 전교 일등이면 일등이지, 솔직히 세상살이에 내가 얘보다는 눈치도 있고 많이 안다고 자부한다.

"사모아 제도에 대한민국 참치잡이 원양어업 기지가 있대."

이제부터 참치구이를 먹을 때면 태평양 사모아 제도를 향해 절이라도 올려야 하는 건 아닐까 싶다.

"에이씨, 사모아 제도 말고 버뮤다 제도였으면 좋았잖아. 그럼 두 번 다시 형 꼴도 안 보고."

아깝다는 듯 한참견이 허공을 향해 주먹을 날렸다. 버뮤다 제도, 마의 삼각지대. 한 번 들어가면 두 번 다시 못 나온다는 그곳. 나도 해주가 거대한 참치잡이 배를 타고 시퍼런 파도를 헤치고 버뮤다를 향해 나아가는 꿈을 꾸었다.

나는 점잖게 한참견의 등을 툭툭 두드려 주었다. 동병상련이란 이런 것일까. 그 본질이야 다르지만 형을 형이라 부르지 못하는 홍길동이나, 형을 형이라고 생각하기도 싫은 한참견이나 언니를 언니라 부르기 싫은 나나, 모두 똑같다는 느낌을 지우기가 힘들었다. 갑자기 한참견이랑 한결 가까워진 느낌이 들었다. 결코 반갑지 않은 감정이었지만 그래도 오늘만은 봐주기로 한다. 유일하게 나와 해주를 구분해 낸 타인이니까.

"솔직히 말해. 그런데 너, 진짜 냄새로 해주랑 나 구분했어?"

"그렇다니까."

"어쭈, 이제 거짓말까지 다 하시고. 많이 크셨구만."

주먹을 불끈 쥐어 보이자, 한참견이 평소답지 않게 사내 노릇을 하려는지 폼을 잡으며 겁도 없이 주먹 쥔 내 왼손을 덥석 잡았다.

"뭐…… 뭐야?"

그래도 꼴에 사내라고 한참견의 손은 내 손보다 훨씬 크고 단단했다. 뭘 했는지 손에 굳은살까지 박인 것이 제법 남자애 손다운 느낌이 들었다.

한참견이 주먹 쥔 내 손을 꽉 움켜잡자, 당황해서 나도 모르게 허둥지둥 손사래를 쳤다. 주먹이 풀리고 바위치기하다가 터진 달걀마냥, 내 손은 한참견의 손바닥 위에서 허둥대고 있었다.

"봐, 봐."

내 손이 한참견의 손바닥 위에 가지런히 올려져 있다. 박용준 손
도 아니고 꼴사납게 한참견 손바닥 위에서 뭣 하는 짓이람?

"네 손톱."

"어? 내 손톱이 뭐가 어떻다고?"

"해주는 손톱이 이렇게 짧지 않아. 너처럼 물어뜯지 않으니까."

집요하리만큼 관찰력이 장난 아닌 녀석이다. 내가 알기로 사람
이 손톱을 물어뜯는 이유는 첫째, 욕구 불만이거나 둘째, 애정 결
핍의 경우이다. 내 경우는 둘 다였다.

유명 인터넷 사이트에서 장르별 웹소설 공모전이 드디어 열렸
다. 기다리던 순간이다. 그동안 수많은 로맨스를 꿈꾸며 살았다.
세상의 모든 여성이 꿈꾸는 완벽남을 창조하기 위해 온갖 영화, 드
라마, 만화, 심지어 미취학 아동 대상의 애니메이션은 물론이요,
19금 영화까지 섭렵했다. 이제 수십 번 지웠다, 썼다를 반복했던
남자 주인공을 데리고 이야기를 만들면 된다.

탁, 탁, 탁…….

나는 자정이 넘은 시각 노트북 앞에 앉아 있는 것이 좋다. 전기
스탠드 불빛에 의지한 채, 이야기를 만들어 내는 시간이면 이상하
리만큼 자유로운 기분이 든다. 뭐든 내가 바라고 원하는 대로 이뤄
질 것만 같은 시간이다. 고요한 방 안에서 노트북 자판을 두드리는
소리를 듣고 있자면 '아, 내가 뭔가를 해내고 있구나.' 하는 생각에

스스로 너무 대견스러웠다.

"정난주, 그만 자고 새벽에 하면 안 돼?"

"……."

대꾸할 가치가 없는 질문이었다. 작가는 야행성이다. 무엇보다도 로맨틱한 장면은 당연히 밤에 쓰는 법이다. 새벽에 무슨 키스신을 쓴단 말인가. 나는 해주를 간단히 무시하고 더욱 힘 있게 자판을 두들겼다.

"키보드 두드리는 소리 때문에 잠을 못 자겠다고."

"그건 해주, 네 사정."

"야!"

"왜!"

등 뒤를 돌아보지 않아도 해주가 나를 노려보고 있는 게 느껴졌다. 조용한 방 안에 씩씩대는 숨소리뿐이었으니까. 해주와 나의 잠버릇은 생김새와 달리 정반대였다. 해주는 베개에 머리가 닿자마자 잠드는 편이고, 나는 늘 이런저런 공상을 하느라 바로 잠들지 못했다. 그런 해주가 불면증에라도 걸린 걸까. 새벽형 인간인 해주가 늦게까지 잠 못 들고 있다는 건 분명 이상 증세다.

냉혈한 정해주한테도 고민이란 게 생겼나 싶은 생각이 불현듯 들었다. 갑자기 나랑 같이 살겠다고 이곳으로 전학 온 것도 수상쩍었다. 뛰어난 두뇌 덕분에 늘 특목중, 특목고, 일류대를 당연히 가야 한다고 믿는 정해주였다. 그런 해주가 잘 다니던 특목중을 포기하고 대전으로 내려온 것 자체가 정해주 캐릭터에 전혀 맞지 않았다. 아무래도 무슨 비밀이 생긴 게 틀림없다. 일곱 살 때, 정해주는 슈퍼마켓에서 바나나 우유를 몰래 훔쳐 먹고 나서 며칠 동안 잠을 못 잤다. 수면 부족으로 비실대더니 나중에는 바나나 우유를 간식으로 준 엄마 품에 안겨 울면서 자신의 도둑질을 실토했다.

밤은 로맨스를 쓰기에도 좋은 시간이지만 누군가의 비밀을 은밀히 들춰내기에도 적당한 시간이다.

"해주, 너 있잖……."

질문을 하려고 입을 열었는데 선수를 빼앗겼다. 해주가 나에게 건넨 한 방은 내 입을 다물게 만들었다.

"정난주, 넌 이제 아빠 꿈 안 꿔?"

오래전 고백이었다. 그 얘기가 언제적 얘긴데 꺼낼까, 얘는. 타이밍 한 번 거지 같다. 아빠가 지오피에서 정찰 근무 중에 지뢰를 밟아 돌아가신 후로 우리 집에서 아빠 이야기는 자연스럽게 금기가 되었다. 누구 하나 아빠를 추억하지 말라고 우리에게 강요하지 않았지만 해주와 나는 약속이나 한 듯 입을 닫았다. 정확히 표현하자면, 우리 가슴속 어딘가에 자리하고 있을 아빠의 방을 굳게 걸어 잠갔다고나 할까. 내가 열 살 때였다. 아빠가 세상을 떠났던 것은. 지뢰를 밟고 아빠는 다섯 명을 살렸다. 지금에야 머리로는 아빠가 자랑스럽다고 생각하지만, 사실 내 가슴은 정반대였다. 바보, 우리를 봐서…… 엄마를 봐서 제일 먼저 도망쳤어야지!

"그러는 해주, 너는 아빠 꿈 꿔?"

나는 노트북을 덮고 침대에 일어나 앉은 해주를 돌아보았다. 로맨스를 쓰는 밤에 갑자기 돌아가신 아빠 이야기라니. 적절치 못한 주제 전환이었다.

"아니. 이제는 꾸지 않아."

늘 야무지게 답하던 해주의 목소리가 아니었다. 기운이 빠진 해주의 음성에 나는 하마터면 해주 곁에 다가가 끌어안을 뻔했다. 아빠의 장례식 때, 대성통곡을 하던 나와 달리 해주는 그 어린 나이에도 엄마 곁에 꼿꼿이 서서 눈물 한 방울 흘리지 않았다. 그래 놓고 장례식이 끝나고 나서 사흘 동안 열병을 앓았다. 그런 애가 이제는 아빠 꿈을 꾸지 않는다고 했다. 왠지 거짓말 같았다. 하지만 지금 해주의 표정을 보아하니 한 번쯤 속아 줘야 할 것 같은 기분이었다.

"다행이다."

"난주, 너는 정말 아빠 꿈 안 꿔?"

"물론이지. 이제 어른이잖아."

거짓말을 한 건 나였다. 나는 여전히, 가끔씩 꿈에서 아빠를 본다. 그러나 가능하면 아빠를 꿈에서 만나지 않으려고 애를 쓴다. 한참견 때문이다.

초등학교 졸업을 앞둔 겨울이었다. 눈이 유난히 많이 내린 겨울이었다. 동면에 들어가는 곰도 아닌데 낮잠을 시도 때도 없이 잤다. 중학교 예비 수학을 배우겠다고 대전 시내로 학원을 다니던 한 참견과 달리, 나는 대부분의 시간을 만화책을 보며 방구석에서 뒹굴거렸다. 살포시 잠이 들었는데 꿈속에서 내내 아빠를 찾으러 다녔다. 얼마나 울었는지 몰랐다. 베개가 흠뻑 다 젖을 정도였으니까. 마루에 혼자 나와 앉아 우는 나를 발견한 사람은 한참견이었다. 삶은 고구마를 들고 온 한참견이 놀란 눈으로 어쩔 줄 몰라 했다.

"열아…… 나, 아빠가 너무 많이 보고 싶어."

"그래."

"꿈에서 아빠 만났는데 너무 보고 싶어서 울었어. 일어나니까 베개가 다 젖을 만큼."

한참견은 아무 말도 하지 않았다. 그러더니 한참 후에 하는 말이 나를 웃게도, 화나게도, 어처구니없게도 만들었다.

"내가 이제부터 네 아빠가 되어 줄게."

내 손에는 한참견이 쥐어 준 고구마가 있었다. 따뜻했다. 나는 울먹이며 고구마를 먹었다. 목이 메었지만 고구마는 달았다.

나는 해주 곁에 누웠다. 밤은 로맨스를 쓰기에 딱 좋은 시간이지만 오늘은 아니었다. 적어도 내 기분이 그랬다. 해주가 내게서 등을 돌리고 벽을 바라보고 누워 있었다. 나는 보이지 않는 해주의 얼굴이 궁금했다. 그리고 벽을 보고 있는 해주가 예전의 나처럼 아빠가 보고 싶다고 울지 않았으면 싶었다. 어둠을 슬며시 밀어내며 나는 나지막이 속삭였다. 내가 아빠 꿈을 더 이상 꾸지 않으려는 노력에 대해서 말이다.

"한참견이 나한테 아빠 되어 주겠다는 말을 들은 다음부터 꿈에 아빠가 나오면 몸은 아빠인데 얼굴이 한참견이더라고. 완전 악몽이야."

해주의 어깨가 가볍게 들썩였다. 안아 줄까 하는 생각이 잠깐 들었지만 오늘 밤은 참기로 했다.

04

:

내 마음에 팔랑

'심장아, 나대지 마라!'

로맨틱 코미디 드라마에서 이따금 듣던 대사를 내가 읊조리게
될 줄은 몰랐다. 심장이 이렇게 비정상적으로 뛰는 병이 뭐가 있
지? 심장이 미쳤나? 며칠 전부터 한참견만 보면 심장이 간질거린
다. 결론은, '내 심장, 감기 걸렸다!'였다.

매번 허공에 축구공만 띄워 놓던 체육 선생이 여학생들에게 미
안했는지, 짝 피구를 제안했다. 짝 피구를 하라는 말에 다들 '웬 피
구?' 하는 반응이었지만 막상 짝을 지을 때가 오자 그런 난리 법석
이 없었다. 미팅을 하는 것도 아닌데 교실에서 보던 뻔한 애들이
새롭게 보이기 시작한 것이다. 영지를 비롯한 몇몇이 내 속을 꿰뚫
고 나를 박용준에게 떠밀었다. 속내와 달리, 대놓고 박용준에게 짝
이 되어 달라고 말하기는 쑥스러워서 머뭇거리는데 누군가 내 어

깨에 손을 척 올려놓았다.

"안 돼!"

분명 내 입에서 나온 소리가 아니었다. 영지가 소프라노 음성으로 외쳤다. 뒤를 휙 돌아보자, 한참견이 굳은 표정으로 서 있었다.

"난주야, 나 공 무서워하는 거 알지?"

만년 골키퍼인 한참견 입에서 나올 만한 말이기는 했다. 박용준 쪽으로 곁눈질을 했으나 나한테 관심이 없는 것은 물론이요, 내 쪽으로 고개조차 돌리지 않았다. 그래, 여자는 자존심이지!

"한참견, 걱정 말고 내 등 뒤에 딱 붙어 있어."

"알겠어. 거북이 등딱지처럼 딱 붙어 있을게."

우리 대화를 들은 영지가 혀를 찼다.

"자랑이다, 이 거북아. 한열, 너는 난주 절친이라면서…… 으이구, 네가 남자냐!"

영지는 속이 터지는지 주먹으로 제 가슴을 쳤다. 그럴 법도 했다. 박용준에게 처음 고백하기로 결심한 것도 영지의 부추김이 없었다면 속앓이로 끝내고 말았을 테니까. 영지 속이 터지거나 말거나 한참견은 진짜 내 등에 딱 달라붙었다.

일찌감치 짝을 정하고 나머지 아이들이 짝 정하기를 기다리는데 어처구니없는 일이 벌어졌다.

'이럴 줄 알았으면 눈 딱 감고 내가 나서는 건데!'

용기 있는 자가 미인을 얻는다더니, 성별 상관없이 용기만 있다면 미남을 쟁취하는 것이 진리인가 보다. 정해주의 짝으로 박용준이 결정되었다. 가위바위보도 아니고 다들 박용준에게 머뭇거리는 사이, 해주가 박용준의 팔뚝을 잡으며 말했다.

"야, 넌 나랑 짝해."

짝이 되어 달라는 부탁이나 애원도 아니고 '짝해.' 일방적인 통보였다. 박용준에게 거부 의사는 허용되지 않았다. 무슨 얘기를 했는지 모르지만 해주가 박용준 귓가에 뭐라 속삭이자 박용준은 그냥 고개를 끄덕였다.

심신단련용 가벼운 운동쯤으로 시작된 짝 피구는 어찌 된 영문인지 체육 선생의 의도와 달리 살인 피구로 변질되고 말았다. 안 그래도 승부욕 넘치는 해주와 박용준이 짝이 되는 바람에 상대편은 막강 전력을 자랑했다. 하지만 나 또한 가만히 앉아 있을 위인이 아니지. 짐짝 같은 한참견을 등에 달고 이리 뛰고 저리 뛰느라고 내 등은 땀으로 흠뻑 젖었다. 남들은 공이 날아오면 제 짝인 여자애를 등 뒤에 숨기거나 감싸 안아서 방패막이가 되느라 야단인데 한참견은 정반대였다.

"으아! 정 여사, 왼쪽! 왼쪽으로 피해. 아니다, 오른쪽으로 온다!"

방패막이가 안 될 거면 입이나 다물고 있지, 입은 살아서 쉬지 않고 등 뒤에서 잔소리였다. 한술 더 떠서 이제는 아예 내 허리를 잡고 공이 날아오는 방향으로 나를 이리저리 들이밀었다. 덕분에 나는 날아오는 공을 족족 잡아내는 능력을 새롭게 발견했다.

"야, 한참견! 옷 좀 그냥 놔!"

"나, 공 무섭단 말이야."

"공 맞아도 안 죽거든!"

한참견이 옆구리를 물고 늘어지는 바람에 체육복 상의가 늘어나 흐느적거렸다. 그렇다고 허리를 잡게 할 수도 없고 그야말로 진퇴양난이었다. 영지는 한참견이 나를 붙들고 늘어질 때마다 차라리 죽으라며 악을 썼다. 이건 응원이 아니라 쌍욕이었다. 시간이 흘러 우리 편에선 나와 한참견만 남았다. 기적이나 다름없었다. 상대편은 해주와 박용준 말고 한 팀이 더 남아 있었다. 승부를 떠나서 다른 건 몰라도 해주는 아웃시켜 놓고 끝을 내야 했다. 하지만 해주가 어디 만만한 상대였던가! 더군다나 해주의 짝은 박용준이었다. 타고난 운동신경 탓에 내가 해주를 겨냥해 공을 던지면 어느 틈엔가 박용준이 나타나 공을 모조리 받아 냈다. 세 번이나 고백한 여자에게 배려심도 없는지, 박용준은 공을 잡으면 한 치의 망설임도 없이 나를 향해 슛을 날렸다. 그 모습을 보자니 속상했다. 특히 마지막, 나를 향해 박용준이 '죽어랏, 불꽃 슛!' 하는 외침을 듣는 순간 나는 사지에 힘이 쫙 빠져 버렸다. 박용준의 외침은 평소 그 아이가 나를 어떻게 생각하고 있는지 함축적으로 보여 주는 증거였다. 방심은 그렇게 나를 찾아왔다. 나는 멍을 때렸고 첫사랑 상대가 던진 공에 맞고 그 자리에 쓰러졌다.

날 걱정하던 한참견의 눈빛이 아직도 뇌리에서 떠나지 않았다. 그런 눈빛, 한두 번 받아 본 것도 아닌데 왜 자꾸 멀미가 나는 건지…….

"정 여사! 정난주, 정신 차려!"

한참견의 호들갑은 도를 넘어섰다. 정신을 잃지도 않았는데 왜 날 보고 정신을 차리라며 흔들어 대는지. 왼쪽 눈언저리를 정통으로 맞아 잠깐 멍했을 뿐이다.

"괜찮니? 정말 미안하다."

달려온 박용준이 어쩔 줄 몰라 하며 나에게 말했다. 나는 이제부터 세상에서 가장 낭만적인 말로 '괜찮니'를 손꼽겠다. 괜찮니, 사랑하는 여자를 걱정하는 마음이 담겨 있고. 괜찮니, 사랑하는 여자를 다치게 했다는 죄책감에 사로잡힌 남자의 슬픔이 묻어나는. 괜찮니, 사랑하는 여자가 아프지 않으면 좋겠다는 남자의 눈물겨운 애원이 스며 있는 말…… 괜찮니. 아무렴, 괜찮고말고!

박용준이 나를 부축하려고 손을 뻗었다. 그러자 한참견이 평소의 성격과 다르게 박용준의 손을 매몰차게 쳐 냈다.

"야, 이 새끼야. 넌 심심풀이 피구를 죽자고 하냐?"

한참견이 쓰러진 나를 부축해서 일으켰다. 눈앞에서 노란 별이 어른거렸다. 옆구리에 한참견의 손이 닿았다. 해주가 별일 없을 거라고 말하자, 한참견이 해주를 무서운 기세로 노려보았다. 평소 순둥이 같은 한참견이 날카롭게 반응하자, 해주도 주춤거리며 뒤로 물러섰다.

"안 되겠다, 업혀."

박용준이 내게 등을 내밀었다. 순간, 나는 보았다. 한참견이 어금니를 꽉 무는 모습을. 그리고 내가 말릴 사이도 없이 한참견이 박용준의 등을 발로 밀어 버렸다. 구경하던 반 아이들조차 넋을 잃었다. 살면서 한참견이 이토록 터프하게 구는 모습을 아이들도 본 적이 없던 것이다.

"박용준. 네가 뭔데 난주한테 업혀라, 마라야? 업어도 내가 업어."

내가 싫다고 하기도 전에 한참견의 손에 끌려 업히고 말았다. 맥없이 키만 삘쭉 큰 줄 알았는데 생각보다 녀석은 단단한 등을 갖고 있었다. 양호실로 업혀 가는 동안 우리는 아무 말도 하지 않았다. 가만히 생각해 보면 한참견 등짝에 업힌 게 처음도 아닌데 오늘따라 녀석의 등짝이 그렇게 넓고 튼튼해 보일 수가 없었다. 업혀가는 길에 우리를 본 애들이 '또 업혔냐?', '한참견, 돼지 자꾸 업었다간 키 안 커.' 별별 소리를 다 했다. 하지만 뭐, 이런 놀림이 처음도 아닌걸.

"신경 쓰지 마. 난주, 너 하나도 안 무거워. 그러니까 기대도 돼."

하지만 자신이 한 말과는 반대로 한참견은 양호실에 도착하자마자, 나를 침대에 짐짝 부리듯 던져 놓았다. 침대에 내던져지고 한참견을 올려다보니 땀범벅이었다. 그래, 나도 양심이 있지. 몸무게

가 오십 킬로그램이나 되면서 깃털처럼 가볍다고 우길 수는 없는 노릇이었다. 수업 마치고 데리러 올 테니 걱정 말라는 말을 하고 한참견은 가 버렸다. 가는 것이 당연했지만 어쩐지 문을 나서는 한참견의 뒷모습을 바라보는데 서운한 기분이 들었다. 그래도 쓰러진 나를 큰 소리 내서 걱정해 주는 인간이 피를 나눈 해주가 아니라, 한참견이란 사실에 기분이 좋았다.

양호실 침대에 누워 실실 웃는 날 보더니 양호 선생이 내 머리에 손을 짚었다.

"열은 없는데…… 혹시 두통 있니?"

"아뇨. 아무렇지 않은데요."

"그래? 눈은 어때? 아무래도 멍이 들겠는데."

"괜찮아요, 선생님. 평소 못 보던 별도 자꾸 보이고 좋은데요."

나는 자리에 누워 흥얼흥얼 콧노래를 불렀다. 양호 선생은 그런 나를 한번 힐끔 보더니 한숨 자라는 말을 남기고 밖으로 나가 버렸다.

네거리 앞에서 우리는 실랑이를 벌였다. 약국이 한참견의 시야에 들어온 것이 사달이었다. 나는 약 따위는 필요 없다, 한참견은 무슨 소리냐 약을 발라야 한다, 그러면서 둘이 실랑이를 벌였다. 해주는 아무래도 자신은 상관없으니 빨리 결정을 내리라고 했다. 해주가 인정머리 없다는 것은 여기서도 여실히 드러났다. 따지고 보면 내가 누구 때문에 눈이 이 지경이 되었는데!

"정 여사, 내 말 들어. 여자애 눈이 밤탱이가 뭐냐? 안 그래도 넌 미모도 떨어지는데…….”

"야!"

놀랍게도 나와 해주가 동시에 소리쳤다. 무의식중에 해주도 나랑 똑같이 생긴 것을 의식했나 보다.

"징그럽다, 너희들. 난 먼저 갈 테니까 약을 사든, 조제를 하든 둘이 알아서 해! 길에서 시간 낭비, 딱 질색이야.”

해주는 뒤도 안 돌아보고 제 갈 길을 가 버렸다. 해주 앞이라 쿨한 척했지만 사실 나도 양호실을 나오면서 거울 속 내 몰골을 보고 기겁했다. 처음 공을 맞았을 때 벌겋게 부었던 눈이 이제는 검붉은색으로 물들었다. 누가 봐도 호되게 얻어터진 꼴이었다. 눈 주위는 물론이고 광대 아래쪽까지 멍이 번졌다. 놀라실 할머니를 위해서라도 약국에서 안대라도 사서 쓰고 가야 할 것 같았다.

"내가 약국 안 가려고 했는데 한참견, 네가 하도 사정사정하니까 한 번 가 준다.”

"오케이. 그래서 내가 약 사 주려고.”

약국으로 들어서자 낯이 익은 얼굴이 보였다. 연푸른이었다. 중년의 여자 약사는 연푸른에게 감기약과 소화제를 건네주며 본 무언가 당부하는 것 같았다. 연푸른은 붉어진 얼굴로 고개를 가로저었다. 값을 치르고 돌아서는데 나와 시선이 마주쳤다. 둘 중 누구의 눈에 스친 당혹감의 무게가 더 큰지 가늠할 수 없었지만 나는 애써 아무렇지 않은 표정을 지으려고 했다. 모른 척하는 것이 예의겠지, 하는데 연푸른이 나를 보고 가볍게 고갯짓을 했다. 얼결에 나도 '안녕히 가세요.' 하고 말했다.

"아는 사람이야?"

"'러브하우스'에 묵고 있어."

한참견의 물음에 간단히 대답해 주었다. 약사는 내 눈을 살피더니 천만다행이라고 했다. 붓기 가라앉는 연고랑 소염제를 처방해 주었다. 약사가 알아서 처방을 해 주었을 텐데도 한참견은 약 포장을 꼼꼼히 살폈다. 나는 일회용 안대를 하나 사서 왼쪽 눈에 썼다. 멍을 다 가릴 수 있을 거라고 생각했는데 아니었다. 안대 사이로 가리고 싶은 흔적이 자꾸만 비집고 나오는 것 같았다.

한쪽 눈으로 거리를 보면서 나는 연푸른을 떠올렸다. 한쪽 눈으로만 보는 세상은 위태로워 보였다. 보도블록을 헛디뎌 휘청거리자 한참견이 다가와 손을 잡았다.

"괜찮아?"

또 '괜찮아'다. 심박수가 오늘따라 이상하게 불규칙하다.

"괜찮아 소리 금지야, 한참견."

대문에 들어서면서 유일하게 바란 것이 있다면 할머니와 마주치지 않는 것이었다. 그러나 신은 늘 내 편이 아닌가 보다.

"옴마야! 난주, 네 꼬라지가 그게 뭐냐?"

안대를 보고 할머니는 다짜고짜 내 팔을 잡아당겨 당신의 품속에 가둬 놓았다. 단호한 손길로 안대를 들췄다. 총천연색으로 물든 눈을 보고 '이런, 오라질!' 평소 내뱉지 않던 욕까지도 서슴없이 뿜어 댔다. 검둥개도 아니고 대체 얼마나 수선을 피우고 뛰어다니면 다 큰 계집애가 다쳐서 들어오냐고 야단이었다. 할아버지는 쓸데 없이 나대서 파스 값 낭비하지 말고 조신한 여학생이 되길 바란다는 당부의 말씀을 전했다. 정작 내가 다친 부위는 파스와 아무 상관이 없다는 것도 모르면서 말이다.

얼음 팩을 얹어 놓고 누워 낮의 사건을 떠올리며 히죽거렸다. 손에 들린 책은 삼십 분 전부터 계속 같은 페이지를 유지하고 있었다.

"야, 너 머리도 맞은 거야?"

히죽거리는 나를 보더니 해주가 혀를 찼다.

"아니."

"그런데 왜 미친 애처럼 웃어?"

"그냥, 책이 재밌어서."

들고 있던 책에 시선을 주며 얼버무렸다. 줄리 가우드의 로맨스 소설이었다.

"유혹이 아름다운 여자? 너, 누구 꼬시게?"

딱 정해주 수준의 질문이다. 얘는 사랑이나 유혹을 예술적으로 표현하는 방법을 모르는 철딱서니다. 여자에게 유혹은 정치적 권력이자 무기가 될 수 있다는 것을 모르는 어린애다.

"역시 넌 몰라도 너무 모른다."

"무슨 내용인데? 그렇게 재밌어?"

"정해주. 넌 남녀 간에 로맨스가 빠른 시일 안에 이뤄지려면 뭐가 필수 조건인 줄 아냐?"

"그런 것도 있어?"

"당근이지."

"뭔데?"

"바로 부상이야. 부상과 간병!"

나의 말에 해주가 눈을 동그랗게 치켜뜨더니 놀란 표정을 지었다. 부상과 간병, 사랑의 상관관계를 이해하지 못하는 눈치였다. 하긴, 전쟁이 사랑을 싹 틔우는 필수 조건도 아닌데 부상과 간병이라니, 어쩐지 어울리지 않는 조합이라고 생각해도 틀리지 않은 말이다.

나는 로맨스에 문외한인 해주를 위해 친절히 줄리 가우드의 《유혹이 아름다운 여자》 내용을 따와 가며 사랑을 하는 데에 왜 부상과 간병이 필요 조건인지 설명하기 시작했다.

로맨스의 묘미는 바로 간병에 있다. 남자 주인공이 쓰러지던지, 여자 주인공이 졸도를 하던지 반드시 둘 중의 하나는 쓰러져야만 했다. 이 책의 경우, 건장한 남자 주인공이 쓰러졌다. 남자 주인공의 근육질 몸을 물수건으로 닦아 주고 간호하며 여자 주인공은 연민과 사랑의 감정을 느낀다. 결국 남자 주인공은 자신을 정성스레 간호하는 여자 주인공을 보며 눈을 뜨게 되고 때마침 여자 주인공은 그동안의 간호에 지쳐 남자 주인공이 누워 있는 침대에 고개를 박고 잠이 든다. 남자 주인공은 그런 여자 주인공에게 호기심과 애정을 느끼게 된다. 물론 여기에는 하나의 전제 조건이 붙는데, 그것은 다름 아닌 여자 주인공의 미모가 그 누구에게도 뒤지지 않아야 한다는 점이다. 미모는 예나 지금이나 세상살이에 엄청난 파장 효과를 불러일으킨다는 사실을 다시 한번 입증하는 순간이었다.

아무튼 남자 주인공은 잠든 여자 주인공의 입술을 훔친다. 당연한 코스다. 왜 그것이 당연하냐고 묻는다면, 세상의 모든 로맨스가 이런 순서로 진행되기 때문이다.

"근데 진짜 남자들이 이래?"

질문의 수준을 보아하니, 해주는 역시 숙맥이었다. 해주는 언제쯤 사랑의 감정을 나만큼 이해할 수 있게 될까.

"그럼."

나는 확신에 차서 해주에게 대답해 줬다. 해주는 세상 이치에는 굼뜬 편이나, 응용력 하나는 탁월했다.

"그래서 정난주, 네 말은 박용준한테 부상을 입었으니까 개랑 키스라도 할 수 있다는 거야?"

"아!"

화난 척 소리를 질렀지만 속으로는 그렇게라도 박용준이랑 키스하면 소원이 없겠다. 애써 아무 사심 없는 척, 시치미를 뗐다.

"그거 다 화학적 반응이 아닐까?"

"야! 정해주. 낭만을 그렇게 무참하게 내동댕이칠래?"

해주의 그 멋없는 반문에 나는 흥분하지 않을 수 없었다.

"키스하면 면역력이 증가하거든. 암 발생률이나 감기 면역 체계에도 긍정적인 효과를 불러온대. 미국 노스캐롤라이나 대학 연구 결과에도 나와 있는 사실이야."

"너, 진짜!"

미국 대학의 연구 결과 따위는 내가 알 바 아니다. 노스캐롤라이나가 어디에 붙어 있는 땅덩이인지도 모르는 나다. 중요한 것은 사랑하는 사람과 키스를 하면 틀림없이 아름다운 종소리가 귓가에 울려 퍼질 것이라는 사실이다. 수많은 로맨스 책에서 그렇게 묘사했다. 운명의 상대가 입을 맞추면 온몸에 전율이 흐르면서 심장이 '이 사람이야.' 하고 알려 준다고. 나는 해주의 말도, 미국 대학의 연구 결과 따위도 믿지 않는다. 나는 오로지 내 심장만 믿을 뿐이다.

해주가 과학적이고 이성적이며 합리적인 인간이라면, 나는 비현실적이며 몽상가 기질이 다분한 낭만주의자이다.

해주는 말한다. 인생은 짧고 과학은 영원하다. 그 말이 사실인지 아닌지 나는 모른다. 인생은 둘째치고라도 과학이 영원할지 어떨지 알 길이 없을뿐더러 과학에는 당최 관심도 없기 때문이다.

나, 정난주는 믿는다. 인생은 길고 사랑은 깊다. 그렇다면 나의 이 믿음은 확실하냐? 그렇다. 지금은 열여섯, 내년이면 열일곱이 될 것이고 나이는 그렇게 한 살씩 차곡차곡 쌓일 것이다. 그리고 사랑은 내 나이만큼 자랄 것이다. 삶이 계속되는 한 사랑도 사라지거나 끝나지 않을 게 분명하다.

"지금 그 표정 완전 웃긴다."

해주가 내 볼을 잡고 쭈욱 늘렸다. 어릴 때부터 해주는 심심하면 내 볼을 잡아당기며 놀렸다. 밀가루 반죽같이 말랑말랑하고 잘 늘어나는 볼이라고 약을 올리기 일쑤였다.

"내 표정이 뭐가 어때서?"

"My heart is in your hand. 딱 이거거든."

누가 영어 특기생 출신 아니랄까 봐, 툭하면 영어로 잘난 척이다.

"알아듣게 말해. 잘난 척 말고."

두 손을 과장되게 가슴팍에 올려놓으며 해주가 호들갑을 떨었다.

"너에게 온 마음을 사로잡히고 말았어. 딱 이 표정이라고."

들키고 말았다. 정해주에게 약점을 잡힌 이상, 앞으로 내 인생은 편안하지 않을지도 모르겠다. 하지만 사랑 앞에 그 무엇이 중요하단 말인가. 책을 덮고 박용준과의 입맞춤을 상상해 보려고 했다. 그런데 뜬금없이 한참견이 튀어나와 무슨 짓이냐고 다짜고짜 자기 등에 업히라고 야단을 하는 것이었다. 타이밍 한 번 기가 막히는구나.

05

:

노란 부적

세상의 남편들은 참으로 이기적이며 제멋대로다. A사 방송국의 주말 드라마에서는 남편이 살림만 하는 자신의 아내가 무능하다며 능력 있는 딴 여자를 만나 바람을 피운다. 그런가 하면 B사의 일일 연속극에서는 남편이 잘나가는 커리어우먼인 부인에게 질려 버려 살림밖에 모르는 소박한 아줌마에게 흠뻑 빠진다. 대체 어떤 남편이 정답일까. 한 가지 확실한 것은 우리 할아버지가 할머니한테 정겨운 남편은 아니란 사실이다. 허락도 받지 않고 소고기를 사 왔다고 할머니한테 저녁 내내, 할아버지는 잔소리를 메들리로 늘어놓았다. 그런 할아버지를 향해 한마디 하려고 할머니는 몇 번이나 입을 벙싯거렸다가 참는 눈치였다. 할아버지는 가계부를 들여다보다가 공격 대상을 나로 바꿨다.

"계집애가 조심성이 없어서야, 원. 병원 다녀야 할 것 아니냐? 우째 어제보다 눈이 더 튀어나왔냐?"

할아버지가 무슨 이야기를 하고 싶어 하는지 나는 잘 알고 있다. 하지만 일부러 모른 척했다. 원래 이 집에서 돈 얘기를 할아버지가 꺼낼 것 같으면 할머니랑 나는 못 들은 척하거나 못 알아듣는 척으로 일관했다. 그런데 해주는 이 집안 실정을 모르는 풋내기였다.

"할아버지, 난주 병원비 얼마 안 들거든요? 그리고 어차피 병원비 많이 나오면 엄마한테 청구하실 거잖아요."

"뭐야? 네가 그걸 어찌 아냐?"

"당연히 알죠. 할아버지는 할아버지 자신이랑 돈이 최우선이잖아요. 할머니가 지난번 장날에 소머리국밥 드시고 싶다고 했는데도 싹 무시하고 할아버지가 드시고 싶은 족발만 샀잖아요."

해주의 말대답에 할아버지가 슬슬 열이 받는 모양이었다. 대머리가 붉어졌다. 할머니는 저녁상을 차려야겠다며 부엌으로 자리를 피했다. 그러면서 적당히 하라는 조언도 잊지 않았다.

"이미 벌어진 일, 난주 탓해 봤자 소용없어요. 그러니 돈, 돈 하면서 애한테 스트레스 주지 마세요."

"해주, 넌 이 할애비를 수전노로 아냐? 내가 지금 그깟 돈 몇 푼에 이러는 줄 알아?"

"네. 그렇게 보여요. 그러니까……."

시작은 나 때문인데 어쩐지 돌아가는 모양새가 이 집안의 절대 강자를 가리는 자리 싸움으로 변질되는 느낌이었다. 해주는 할아버지의 쉽지 않은 복병으로 자리 잡을 것이다. 나는 슬그머니 자리를 피했다. 부엌으로 가서 할머니의 일손을 도왔다. 저녁은 소고기국이었다. 역시 시퍼런 내 눈을 생각하는 사람은 할머니뿐이었다.

"할머니, 내 눈 때문에 소고기국 끓였지요? 나, 눈 빨리 나으라고. 히히힛."

국 간을 보던 할머니가 나를 얄궂은 눈으로 흘겨보았다.

"헛짓거리한다. 뭘 잘했다고 고깃국을 끓여 주냐? 내가 먹고 싶어서 끓였다, 왜!"

나는 꼭 마음과 반대로 말하는 우리 할머니가 좋다. 할머니는 일흔을 훌쩍 넘었지만 늘 귀엽다. 나는 할머니의 등 뒤로 가서 꼭 껴안았다. 그리고 할머니의 말랑하고 따뜻한 배를 두 손으로 꼬옥 잡았다.

"얘가 왜 이래? 손 놓지 못해? 늙은 배를 왜 자꾸 주물럭거려?"

"히히힛, 할머니가 좋으니까 그렇지."

이렇게 할머니 등짝에 붙어 있으니 한참견이 짝 피구할 때 왜 내 등에서 떨어지지 못했는지 어렴풋이 알 것 같기도 했다.

할아버지는 밥상에 올라온 소고기국을 보고 결국에는 한 소리 했다. 애꾸한테 소고기가 웬 말이냐며, 눈탱이가 밤탱이만 되면 다 소고기 구경을 하는 거냐고 말도 안 되는 화를 냈다. 하지만 우리 셋은 소고기국을 싹 비웠다. 해주는 할아버지 보란 듯이 소고기국을 두 번이나 더 먹었다.

"너, 피구할 때 박용준한테 뭐라고 한 거야?"

"왜? 궁금해?"

"그럼 안 궁금하냐?"

"그럼 부엌에 가서 국 좀 한 그릇 더 떠 와 보시던가."

"우이씨. 넌 손이 없냐, 발이 없냐?"

당당하게 해주가 자기 국그릇을 내게 내밀었다. 그러고는 내 국그릇에서 소고기를 골라서 제 입에 넣었다.

"널 먹잇감처럼 노리는 여자애 하나와 짝해서 나머지 여자애들한테 시달릴래, 아님 나처럼 너란 인간에게 눈곱만큼도 관심 없는 애하고 그냥 한 판 뛸래? 참고로 짝 피구는 스킨십이 있을 건데 난 네 스킨십 따위 확대 해석하지 않아, 라고 해 줬지. 그랬더니 박용준이 순순히 고개를 끄덕이더라고."

해주다운 발상이었다. 그런데 이런 심리는 뭔지 모르겠다. 남에게 내 떡을 빼앗기느니, 차라리 해주한테 넘어가는 게 낫다는 생각 말이다.

"밥 먹을 때 수다 금지! 빨리 먹고 빨리 일어서. 계속 앉아서 떠들어 대니 주구장창 입에 넣으려고 하지."

할아버지다운 말씀이었다. 소리 없이 밥을 먹는 나와 달리, 해주는 끝까지 할아버지를 약 올리기라도 하는 듯 후루룩 소리까지 내면서 국그릇을 비웠다.

나는 감기약과 소화제를 사 갔던 연푸른이 생각났다. 여행을 왔다고는 하지만 매번 비싸고 좋은 음식을 사 먹는 것도 아닐 터였다. 눈치를 보아 하니 '러브하우스'에 묵으면서 끼니를 대충 때우는 것 같았다. '러브하우스' 청소를 하러 가서 쓰레기통을 비울 때면 늘 빵 봉지나 우유팩, 컵라면 포장지가 눈에 띄었다.

설거지를 도우며 나는 할머니한테 부탁을 했다.

"할머니, 고깃국 한 그릇 '러브하우스'에 있는 손님한테 주고 올게요."

"아이고, 그래라. 내가 그 생각을 못 했네. 어린 아가씨 혼자 밥 먹을 건데. 다음에 맛난 것 하면 불러서 같이 먹어야겠다."

할머니는 그릇이 아니라 냄비에 남은 고깃국을 퍼 담았다. 뜨끈한 열기가 손바닥을 타고 올라왔다. 구수하고 심심한 고깃국을 먹으면 연푸른의 감기도 나을 것이다. 아무래도 몸살기가 있는 것 같았다. 전부터 봤지만 연푸른의 얼굴은 늘 푸석하고 피곤해 보였다.

뒷문을 통해 별채인 '러브하우스'를 향해 걸음을 옮겼다. 스산한 바람이 계절의 변화를 느끼게 했다. 아직은 가을이지만 밤이 되자 바람이 싸늘했다. 국 냄비를 가슴팍에 더욱 당겨 안았다.

"계세요? 안채에서 왔어요."

냄비 때문에 문을 두드릴 수가 없어서 나는 목청껏 외쳤다. 발로 문을 두드려 볼까 생각도 했지만 매너 따위를 물 말아 먹은 인간이 되고 싶지는 않았다. 인기척도 없이 문이 열렸다. 놀라서 냄비를 놓칠 뻔했다. 자다가 일어났는지 연푸른이 부스스한 얼굴로 나타났다.

"이거 소고기국인데 맛있어요. 감기 올 것 같을 때 먹으면 직방이에요."

가만히 냄비를 건네받은 연푸른이 잠시 머뭇거리더니 들어오라며 비켜섰다. 나는 괜한 호기심에 방으로 발을 들였다. 작은 방에 이부자리가 깔려 있었다. 방금 누웠다 일어난 사람답지 않게 이부자리 빼놓고는 방 안에 흐트러진 흔적이라고는 찾아볼 수 없었다. 방 안을 둘러보다 내 시선에 걸린 것은 가방 옆에 놓인 감기약과 소화제였다. 얼굴 상태를 보면 이미 감기약이든, 소화제든 먹었을 것 같은데 손도 대지 않았는지 그대로였다.

"밥, 안 해 먹죠?"

"네. 국만 먹어도 괜찮아요."

연푸른의 대답에 나는 운동복 바지에서 햇반 하나를 꺼냈다. 아, 하고 작은 감탄사를 내뱉는 것을 보니 연푸른도 놀란 눈치였다. '러브하우스' 주방에 비치된 전자레인지에 햇반을 데워 국과 함께 연푸른에게 권했다. 나중에 먹겠다던 연푸른에게 다 먹으면 냄비를 챙겨 가야 한다는 말로 설득했다. 사실, 사람이 아프면 만사가 귀찮아져서 아무것도 안 먹기 마련이다. 내 경우도 그랬으니까. 더군다나 객지에서 혼자 아프면 얼마나 서러울까.

내 정성 때문인지 연푸른은 국을 천천히 떠먹었다. 우리 사이에

공통점이 없어서 할 말은 많지 않았다. 집이 어디냐고 묻고 나니 할 말이 딱히 없었다. 나이는 괜히 물었다가 나보다 많으면 꼬박꼬박 언니 대접해야 하는데 차라리 이대로가 나을 것 같아서 패스했다. 자연스레 좋아하는 남자 연예인 이야기를 하다가 남자친구로 화제가 바뀌었다. 말하지 않을 것 같은 인상이었는데 의외로 연푸른이 수줍게 웃었다. 강석우, 그 남자가 분명했다. 더 물으려는데 연푸른이 입을 막으며 토하고 말았다. 속엣것을 고스란히 보고 말았다. 놀란 나머지 소화제를 가져왔다. 포장을 뜯어 초록색 알약을 연푸른의 손에 쥐어 주었다.

"얼른 먹어요."

그러나 연푸른은 초록색 알약을 받아 들고 꼼짝하지 않았다. 바닥에 쏟아 놓은 토사물을 치우려기에 말렸다. 아픈 사람에게 직접 토사물을 치우라고 인정머리 없이 굴고 싶지 않았다. 내가 토사물을 치울 동안에도 연푸른은 초록색 알약을 입에 넣지 않았다.

"약, 안 먹어요? 더 아플 텐데……."

"약 먹으면 안 될 것 같아요."

연푸른의 말에 나는 바보처럼 입만 벌리고 서 있었다. 더 아플 일이 더 이상 없을 거라는 연푸른의 수수께끼 같은 말에 나는 도망치듯 '러브하우스'를 나왔다.

아무래도 할머니가 내 교복 주머니에 넣어 준 노란 종이 덕분이다. 노란 종이의 영험함은 그것을 받기도 전부터 발휘하고 있었던 셈이었다. 한참견이 간밤에 집 앞으로 찾아와 눈 가리고 다니라며 자신의 시커먼 스키고글을 건넨 것은 열 뻗치지만, 박용준이 전해 주는 것이라며 멍 빼라고 얇게 저민 소고기를 준 것은 생의 환희였다.

아침 등굣길에 할머니는 웬일인지 '난주야!'를 목 놓아 부르며 동네 어귀까지 따라 나와 나를 붙잡았다. 해주가 오고 난 뒤, 늘 입에 '해주야.'를 입에 달고 산 할머니에게 낯선 일이었다. 버스 정류장에서 할머니는 해주의 눈치를 슬쩍 보더니 다짜고짜 내 교복 주머니에 뭔가를 쑤셔 넣었다.

"꼭 지니고 있거라."

"뭔데요?"

"가시나, 그냥⋯⋯. 할머니가 갖고 있으라면 갖고 있어. 그래야 몸 안 상한다."

부적이었다. 어쩐지 요즘 조용하다 싶었다. 할머니는 집안에 우환이 있을 때면 아는 점집에 가서 부적을 써 오고는 했다. 가끔 나는 부적의 효력에 대해 의구심이 들었다. 해주가 알면 미신이네, 비과학적이네, 난리를 칠 것이 뻔했다. 나는 무속신앙에 대해 큰 거부감이 없는 편이지만, 할머니의 부적은 늘 미심쩍었다. 그래도 이 작은 종이 덕분에 할머니의 마음이 조금이라도 위로를 받는다면 잘 지니고 있을 마음은 있다. 안대를 한 눈이 가려웠다. 버스 정류장에는 영어 단어장을 보고 있는 해주뿐이었다. 나는 시퍼런 눈을 가리고 있던 안대를 이마 위로 걷었다. 서늘한 바람이 멍든 눈을 훑고 지나갔다. 붓기 때문에 불편했지만 적어도 답답하지 않아 좋았다.

휴대 전화의 음악 파일을 열었다. '방탄소년단'의 노래로 시작하는 아침은 언제나 기분이 최고였다.

"넌 정류장이 네 거냐? 음악 소리 좀 줄여."

"여기 우리밖에 없거든?"

해주는 내 말에 아랑곳하지 않고 내 손에서 휴대 전화를 빼앗아 아예 꺼 버렸다. 소음 공해의 평균 데시벨을 운운하면서.

"정난주. 괜한 힘 빼지 말지 그래?"

"무슨 힘?"

"내가 보기에 박용준은 너한테 아무 감정 없어 보이는데."

"그건 질투에 눈먼 해주, 네가 본 거고. 너 뭐야? 박용준이랑 짝 피구했다, 이거야?"

박용준에게 관심 없는 여학생이란 우리 학교에 존재하지 않았다.

"내가 난주, 너를 왜 질투해야 하는데?"

해주가 또 모자란 소리를 한다.

"박용준이 나한테는 눈웃음을 마구마구 날리고 어제 체육 시간에 매트 나를 때도 먼지 난다고 나한테 피하라고 말하고, 급식 먹을 때 내 옆자리에 앉는 것 보고도 시치미 뗄래?"

사실이었다. 눈가에 멍 자국을 선사한 이후, 박용준은 유별나게 내 주위를 맴돌았다. 나비가 꽃을 찾아 앉고, 벌이 꽃을 찾아 날아드는 것은 당연한 일이지만, 솔직히 박용준은 너무 노골적으로 내게 접근했다. 여자애들이 시샘을 할 만도 했다. 남자친구가 있는 영지마저도 부러웠는지 나에게 질투를 했다. 한참견마저 이따위 말을 나에게 건넸다.

"용준이가 미안해서 그런 거야. 괜히 네 번째 고백을 한다는 둥, 헛꿈 꾸지 않길 바란다."

해주 역시 혀를 차며 나에게, 박용준에게 좋아한다는 확답을 들은 것도 아닌데 호들갑 떨지 말라고 훈계했다. 나는 주머니 속에 손을 넣고 꼼지락거리며 노란 부적을 꼭 쥐었다.

"확답? 무슨 확답? 야, 정해주. 사랑은 수학 공식이 아니야. 뭘 확인을 하고 검토를 하니, 촌스럽게."

"뭐? 그럼 안 촌스러운 건 뭔데?"

촌스럽다는 소리에 해주가 발끈했다. 나는 최대한 우아한 표정을 지어 보이며 나보다 먼저 세상 밖으로 나온 해주의 3분이라는 시간을 아무것도 아닌 것으로 만들어 버렸다.

"심장이 말해 주잖아."

"박용준이 널 좋아한다고 네 심장이 말해 주고 있다는 거야, 지금?"

나는 긍정의 뜻으로 해주에게 웃어 보였다. 해주가 혀를 빼물고

기막히다는 얼굴을 했지만 나는 아랑곳하지 않았다. 왜냐, 나는 사랑을 하고 있는 어른이니까. 오히려 멍 자국은 사랑의 훈장이었다. 이 보랏빛 멍은 박용준과 나의 오작교가 될 것이다.

"사랑은 우연이야. 필연이면 그건 사랑이 아니야, 알겠어? 세상의 모든 로맨스에서 남녀 주인공이 계획하고 만나는 줄 아니? 책 좀 봐라, 정해주. 다들 우연히 길 가다가, 차를 타다가, 하다못해 가방을 잃어버리는 바람에 사랑에 빠지지. 우연이 곧 사랑이다, 이 말씀이다."

내가 해 놓고도 정말 멋진 말이라고 생각했다. 사랑은 타이밍이자, 우연의 결과물이다. 내가 박용준과 같은 학교에 다니지 못했더라면, 내가 박용준이 던진 공에 맞지 않았더라면, 내가 밥을 꾸역꾸역 먹고 있을 때 식판을 든 박용준이 내 옆자리가 비어 있는 것을 보지 못했더라면, 우리의 관계가 가까워지는 일은 어쩌면 없었을지도 몰랐다. 사랑은 타이밍이고 우연의 연속에 의해 생명력을 얻는다.

"정난주, 우연성의 원리를 여기에다가도 갖다 붙이는 거냐? 우연성이란 건 고전 소설에서만 구경할 수 있는 거란다."

"야, 정해주. 사랑을 어떻게 국어책에서 배운 이론에다가 갖다 붙이냐? 그래서 네가 그렇게 무신경하게 멋없이 사는 거야. 안 그래도 삼 분 먼저 태어난 인생, 나보다 좀 더 그럴싸해야 하지 않겠냐?"

휘파람을 불어 대며 나는 해주 앞에서 가진 자의 여유를 누려 보기로 했다. 과연 해주가 사랑에 대해 얼마나 이해할 수 있을지는 모르겠지만, 누군가를 보고 설레는 감정을 갖는다는 것이 꼭 수학 공식 같지만은 않다는 사실을 해주도 언젠가는 알게 되기를 바라며 두근대는 가슴을 쫙 폈다. 아무래도 내 마음 안으로 작은 나비가 들어와 버린 것 같다. 팔랑거리는, 따뜻하고 가벼운 기분을 떨칠 수가 없다. 나는 최면에 걸린 듯 중얼거린다.

"나쁘지 않아."

다리 건너에서 버스가 오고 있었다.

무교였던 할아버지가 열렬한 불교 신자가 되었다. 열렬한 기독교 신자인 만복 할아버지가 동네 사람들과 함께 부흥회에 가는 모습을 보고 할아버지는 이장 선거에 미칠 후폭풍을 예감했다. 불안해하는 할아버지에게 해주가 '동양 철학의 시작은 불교지요. 산사에서 참선하는 스님들을 보세요. 멋지잖아요. 이장 같은 공직은 그렇게 점잖은 사람들이 하는 거라구요.'라며 과장되게 말했는지, 그렇지 않으면 있는 대로 말했는지, 나는 알지 못한다.

"할아버지! 만복이 할아버지 따라 교회 가면 싸 보여요. 그냥 우리 동네 산에 가면 절 있으니까 그리로 가서 선거운동 해요. 절에도 신자들 많잖아요. 석가탄신일 같은 때에 절에 가 보면 앉을 자리도 없잖아요."

어찌 되었거나 할아버지는 변했다. 할아버지의 모든 말은 독경이었고 염불이었다. 깜짝 놀랐을 때도 '나무 관세음보살', 화가 났을 때도 '나무 관세음보살', 심심할 때도 '나무 관세음보살', 즐거울 때도 '나무 관세음보살', 슬플 때도 '나무 관세음보살'이었다.

해주 말이 할아버지의 '나무 관세음보살'은 영어의 'Oh, My god!'처럼 유용한 성격을 지닌 말이라고 했다. 굳이 설명하자면 흔해 빠졌다는 소리다.

이유야 어떻든 간에 할아버지에게 믿음이란 것이 생겼다고 좋아한 사람은 다름 아닌 할머니였다. 할머니는 자신의 건강밖에 챙길 줄 모르던 할아버지가 종교를 통해 주변을 둘러보고 마음의 여유가 생긴 것이라고 굳게 믿었다.

불교 신자가 되기로 한 할아버지가 자랑스러웠는지 할머니는 어디서 달달한 냄새가 폴폴 나는 근사한 염주를 할아버지한테 사다 주기까지 했다.

"큰스님 목에 걸린 걸 보니까 상아로 된 것도 있던데. 고작 나무 쪼가리로 된 것이라니, 쯧쯧."

할머니의 염주 선물을 받아 들고도 할아버지는 만족을 몰랐다.

"열심히 불심 닦으시구려. 그럼 내가 상아보다 더한 것으로 선물할 테니."

할아버지의 투정을 가볍게 여기며 할머니가 할아버지를 어린애 다루듯 달랬다. 금세 기분이 좋아졌는지 할아버지는 그러마, 약속했다. 하지만 할아버지의 놀라운 불심의 뿌리는 이장이라는 절대 권력에서 태어난 것을 아무도 모르고 있었다.

불심이란 것은 참으로 놀라워서 할아버지는 하루도 빠지지 않고 절에 가서 공양을 하고 불당의 문턱이 닳도록 하루에 수십 번도 넘게 들락날락했다. 만복 할아버지의 교회처럼 많은 신자들을 예상한 할아버지. 절에도 신도가 끊이지 않기는 했다. 하지만 문제는 주지 스님의 태도였다. 만복 할아버지의 목사님은 호탕하고 쾌활해서 신자들과 함께 노래하고 부흥회다, 뭐다 신나게 함께 다니는데 주지 스님은 도통 산사를 떠나려고 하지 않았다. 또한 신자들을 데리고 경치 구경 한 번 가지도 않았고, 할아버지가 이장 선거에 나가니 힘내라고 박수를 쳐 주자는 일언반구도 없었다.

여기까지만 들어도 우리 할아버지의 심정이 어떠했을지 나는 짐작할 수 있었다. 결국 할아버지는 평정심을 잃고 말았다. 할아버지는 말리는 젊은 스님을 단박에 제압한 후, 참선 중인 주지 스님의 방으로 돌진하기에 이른다. 방으로 들어선 순간, 주지 스님의 엄숙한 분위기에 눌린 것도 사실이었으나 여기서 물러설 할아버지라면 그 사람은 진정 나의 조부, 송주봉 씨가 아니다.

이장 선거가 코앞인데 당신의 불자를 위해 아무런 도움도 되어주지 못한 주지 스님에 대한 원망의 마음이 어찌나 컸던지 할아버지는 주지 스님 앞에 놓인 목탁을 겁 없이 들고 두들겨 댔다. 주지 스님의 귓가에 대고 인정사정 볼 것 없이 신나게 두드렸다고 한다.

"스님! 만복이네 교회는 부흥회다, 뭐다 해서 목사님이 적극적
으로다가 사람들을 동원하고 야단인데, 도대체 왜! 왜 스님은 이렇
게 가만히 구들장만 짊어지고 앉아 계십니까!"

할아버지는 목이 터져라 자신의 처지를 하소연하며 목탁을 두드
려 댔지만 주지 스님의 불심은 가련한 중생의 소음을 능가하는 것
이어서 할아버지는 하는 수없이 집으로 돌아와 냉수만 연거푸 두
대접을 비울 뿐이었다고 한다.

사건의 전말을 산사의 보살님에게 들은 할머니는 할아버지한테
산사 접근 금지령을 내렸고, 할아버지는 당신의 사정은 듣지도 않
고 질타만 하는 할머니에게 애정 없는 여편네라며 분통을 터뜨렸
다. 그러더니 자율 학습을 마치고 온 해주를 질타했다. 하지만 해
주는 표정 하나 바뀌지 않은 채 담담한 목소리로 말했다.

"할아버지, 혈압 낮추는 데는 고구마가 좋대요. 겨울도 다가오니
고구마 많이 드세요."

분노의 호통이 끊이지 않았지만, 당신의 건강을 삶의 제1 목표
로 삼는 할아버지니까 올겨울 우리 집에 고구마가 넘쳐 날 것은
예상 가능한 일이었다.

06

:

사랑과 미모

예쁘면 장땡이라더니, 할아버지 말이 딱 맞았다. 역시 옛말 그른 것 하나 없었다.

"잘 부탁해."

보통이 아니었다. 김태희, 전지현, 송혜교, 수지를 조금씩 모아서 섞어 놓는다면 저런 얼굴이 나올까?

이세나, 키는 165센티미터 정도로 나와 비슷했고 몸무게는 나와 달리 무진장 가벼워 보였다. 가벼운 정도가 아니라 그야말로 뼈와 가죽으로 만들어진 몸뚱이를 갖고 있다고 봐야 옳았다. 긴 생머리를 등 한복판까지 늘어뜨린 것이, 꼭 사극에 나오는 공주 같았다. 처음부터 후하게 점수를 주고 싶지는 않았지만 어쩔 수 없었다. 정상적인 눈을 갖고 있는 사람이면 누구나 이세나를 보는 순간, 감탄을 쏟아 낼 것이 확실했기 때문이다. 사춘기라면 누구나 한두 개쯤

필수 조건으로 가지고 있을 법한 여드름도 하나 없었다. 뽀얀 피부는 투명하다 못해 실핏줄이 보일 정도로 창백해 보였다. 소문으로는 아역 탤런트를 했다는 소리도 들려왔다. 세나의 얼굴을 보고 있자니, 미간 한가운데에 새로 생긴 여드름이 무지하게 신경 쓰였다. 나는 손톱으로 미간의 여드름을 살짝 살짝 긁어 댔다. 아무래도 살집까지 뜯긴 모양이었다. 쓰라렸다.

반 여자애들의 눈에 경고등이 켜지기 시작했다. 레이저 광선이라도 뿜듯이 모두 일심동체가 되어 세나의 몸매, 얼굴, 걸음걸이, 행동을 하나하나 살폈다. 남자애들은 똥인지 된장인지 구분 못 하는 얼굴을 해서는 헤벌쭉 웃느라 정신이 없었다. 안타깝게도 그 헤벌쭉 무리에 박용준도 포함되어 있었다. 특히 담임이 지정해 준 자리로 들어가며 세나가 습관처럼 흘린 눈웃음에 우리 반 남자애들 과반수 이상이 책상을 부여잡고 안절부절못하는 사태가 벌어지기까지 했다.

내 곁을 지나던 세나가 발걸음을 멈추고 교실 반대편에 앉아 있는 해주와 나를 번갈아 보더니 고개를 살짝 끄덕이며 말을 건넸다.

"어? 쌍둥이네. 쌍둥이 처음 보는데, 어느 쪽이 언니니?"

자기 나름으로 사교성을 어필한 모양인 듯한데 우리 자매의 얼굴이 동시에 일그러진 걸 보면 영 꽝이다. 이세나, 얘는 첫인상만큼이나 정나미가 떨어지는 애다. 나는 고개를 바짝 들고 약간은 도도한 표정으로 한참견에게 눈길을 주었다. 담임이 한참견에게 이

세나를 잘 도와주라고 했다. 한참견의 뺨이 붉게 물들었다.

'너, 그 표정은 뭐냐?'

다시 한참견을 바라보는데, 어쩨 한참견의 눈동자 초점이 흐리 멍텅한 것이 내가 아닌 제삼자를 향해 있는 것만 같았다. 나는 한 참견의 눈동자 초점을 따라 눈길을 옮겼다. 이세나였다!

'한참견이 자기 눈으로 이세나를 보겠다는데 왜 내 마음이 이렇 지?'

괜히 짜증이 몰려왔다. 볼펜 뚜껑을 질겅질겅 씹으며 익숙치 않 은 감정에 나는 애써 아무것도 아니라고 중얼거렸다.

세나는 전직 이장인 칠구 할아버지의 금쪽 같은 손녀였다. 하필 이면 우리 이웃이었다. 들리는 소문에 따르면 풍으로 쓰러진 칠구 할아버지의 과수원을 언제까지 남의 손에 맡겨 둘 수 없는 까닭에 서울에 있는 세나네가 도시 생활을 정리하고 귀농했다고 한다.

말이 좋아 귀농이지, 솔직히 요즘 세상에 단순히 시골이 좋아서 도시 생활을 정리하고 내려오는 사람은 없을 것이다. 세나네 아버 지가 대전 시내에서 병원 개업 자리를 알아보고 있다는 소문도 한 몫했다. 아마도 슈퍼집 아줌마가 쑥덕대는 소리가 맞을 거다. 과수 원 재산이 탐이 나서 내려왔나? 나의 이런 추측에 해주가 한소리 했다.

"야, 정난주. 넌 참 생각하는 게 몰인정하고 싸가지가 없다."

"있어도 내 싸가지요, 없어도 내 싸가지니, 넌 신경 끄셔."

나는 잔뜩 부은 목소리로 해주에게 대꾸했다.

"그래도 정난주, 같은 반 애 뒷말해서 뭣 하냐? 치사하잖아. 그리고 세나가 칠구 할아버지 돈 보고 여기 내려온 것도 아닐 텐데."

"다들 아닌 척하지만 그 소문 사실이라고 믿는 거 아니야? 괜히 안 그런 척하는 게 더 웃겨. 열여섯이면 알 거 다 아는 나이야. 알면서 모르는 척하는 게 더 속물이다."

사람들은 세나네 아빠를 두고 풍 맞은 아버지를 끔찍이 사랑하고 걱정해서 도시 생활을 깨끗이 정리하고 온 효자쯤으로 생각하는 모양이지만, 난 그런 대외적인 포장에 속지 않는다.

"너, 이실직고하시지."

해주가 내 양팔을 꼭 붙들고 놓지 않았다. 증거를 잡아낸 형사마냥 나를 의미심장한 눈으로 쳐다본다.

"왜 이래, 이거 놔."

"너 이세나한테 질투하고 있지? 그래서 괜한 소리 하는 거지? 한참견이 이세나 좋아한다고 할까 봐. 오오, 질투의 여신 정난주!"

한참견이 이세나를 좋아한다고? 그럴 리가 없다. 금시초문이었다. 내일 지구가 두 쪽으로 쪼개진다고 해도 있을 수 없는 일이다. 한참견이 이세나를 언제 봤다고 좋아한다는 거지? 세나는 전학 온 지 겨우 일주일도 채 되지 않았다.

"그럴 리가 없어. 한참견이 왜, 어째서 세나를 좋아해?"

얼마나 흥분을 했던지 읽고 있던 책장이 찢겨 나갔다. 책장을 넘기던 손길이 '한열, 이세나' 이 두 마디에 흔들려 기세 좋게 찢겨져 내 손에 허망하게 들려 있었다. 해주가 야릇한 표정을 지으며 나를 약 올렸다.

"네가 그랬잖아. 남자, 여자 좋아하는 데에 시간은 중요한 게 아니라며? 한참견도 이세나한테 첫눈에 뿅 갔나 보지."

"그런 건 사랑이 아니거든."

"웃긴다, 정난주. 네가 보는 로맨스 소설에 나오는 남자, 여자들은 다 첫눈에 확 끌리고 자기 사랑을 한눈에 알아본다며? 걔네들도 그런가 보지. 왜 열을 내고 그래."

"야, 정해주!"

"내가 틀린 말 했냐? 널 보면 알 수 있지. 그렇게 주구장창 껌딱지처럼 붙어 다녀도 너희 둘, 아무것도 아니잖아. 넌 한참견을 이세나보다 훨씬 오래 보고도 고백 못 받았으면 걔한테 넌 아무것도 아닌 거 아니야?"

애당초 한참견과 나는 그런 사이가 아니다. 우리는 죽마고우고 소꿉친구일 뿐인데 왜 해주의 말이 섭섭하게 느껴지는지 알 수 없는 노릇이었다.

"세나, 전학생이잖아. 한참견은 반장이고. 전입생에게 새 환경에 적응하도록……."

"정난주 웃기는 소리 하네. 한참견은 내가 전학 왔을 때도 그런 친절 하나도 안 보여 줬거든요?"

해주의 말에 반박할 만한 결정적인 근거가 나에게 없다는 현실이 안타까울 뿐이다.

전생에 나는 노예선을 탔던 노예가 분명하다. 그러니 이렇게 세탁기를 돌려 대며 빨래를 하는 것도, '러브하우스'의 온갖 잡다한 일을 하는 것도 겁내지 않는 것이다. 나중에 할아버지에게 '러브하우스'의 지분을 물려 달라고 당당히 요구하겠다. 할아버지는 집안의 모든 일을 자신이 관장한다고 하지만 어림도 없는 말씀이다. 할아버지가 나를 두고 '난주, 너는 내 손에 컸다.'라고 할 때 왜 할머니가 열을 내는지 이해하겠다. '러브하우스'가 나에게 딱 그런 존재였으니까.

펜션 뒷마당으로 가서 빨랫줄에 널린 이불을 두 주먹으로 두들겨 댔다. 낮에 걷어 놓지 않는 바람에 옷들이 눅눅해져 있었다. 요즘 해주는 내 속을 뒤집어 놓는 데에 재미가 들렸다. 한참견과 이세나를 두고 잘 어울린다는 둥, 헛소리를 했다. 그러면서 시간과 사랑의 상관관계를 발표한 연구 자료는 없는지 찾아보겠다는 말로 나를 더 열 받게 만들었다.

해주가 이 상태로 내 심기를 어지럽힐 경우 고혈압으로 죽거나, 고열로 죽거나 둘 중의 하나가 나의 사인이 될 것이다. 어릴 때부터 나는 스트레스를 받거나 신경 쓰는 일이 생기면 두통이나 열이 나서 끙끙 앓곤 했다. 할머니는 이런 나를 두고 '성질 머리가 아주 지랄 같아서 그런다.'라고 단정 지었다.

뒷마당 화단에 앉아 애꿎은 흑염소 2호에게 돌을 던졌다. 묶여 있는 탓에 도망치지도 못하고 돌에 맞은 흑염소 2호가 구슬프게 울어 댔다. 하지만 흑염소의 울음소리보다 지금의 내 심장이 더 쓰리고 아팠다. 사람은 타인의 상처나 아픔보다 자신의 티끌만 한 상처와 아픔을 더 크게 느끼는 법이다.

"밤도 늦었는데 여기서 뭐 해요?"

연푸른이었다. 어디 다녀오는 모양인가 보다. 손에 들린 검은 봉지 속에는 아마도 저녁거리가 담겨 있을 터였다.

"무슨 고민 있어요? 아님 화나는 일이라도 있어요?"

연푸른의 목소리는 신기했다. 다정하게 물을 때면 나도 모르게 모든 것을 다 털어놓고 싶어지는 기분이 든다.

"아니……요."

달이 휘영청 밝았다. 지금의 내 마음 상태 따위는 전혀 고려하지 않은 밝기였다.

"연푸른…… 언……니."

아마도 언니가 맞을 것이다. 앳된 얼굴과 달리, 하는 행동 하나하나가 조신하니까. 언니라는 내 부름에 연푸른이 살포시 웃는다. 괜히 나까지 다소곳해지는 기분이다. 나는 내 안의 궁금증을 세상 밖으로 꺼내 놓기로 한다.

"언니도…… 그 사람…… 첫눈에 보고 반했어요?"

내가 생각해도 바보 같은 질문이었다. 어떻게 하다가 좋아하게 되었냐는 물음처럼 어리석은 질문이 세상에 없다는 것을 나는 잘 안다. 마음이란 게 단속하거나 계획한다고 해서 뜻대로 움직이는 것이 아니니까.

"석우…… 오빠는 성품이 참 좋았어요."

연푸른이 주저하지 않고 대답했다. 마치 기다렸다는 듯, 내 질문이 끝나기가 무섭게 바로 대답을 해 줘서 도리어 내가 당황했을 정도였다. 오랜 시간 동안 내 질문을 기다린 사람처럼 재빨리 대답했다. 하지만 빠른 답변 속에 뭔가 비밀스럽고 서글픈 냄새가 스며 있었다.

'그래서 그 좋은 성품을 가진 남자가 널 이 지경으로 몰아 놓고 나 몰라라 하는 거니?'

연푸른이 달빛 아래 무방비로 방치된 심각한 내 얼굴을 잠시 들여다보더니 아주 잠깐 생각 끝에 천천히 입을 열었다. 아무래도 내 표정에 속내가 다 드러난 모양이었다.

"사실 잘생겼어요. 눈, 코, 입, 몸매, 다리. 어디 한 곳 흠잡을 곳이 없었지, 아름다움 자체라고나 할까? 그때는 말이에요."

나는 절망했다. 사람은 결국, 아니 남자나 여자나, 너나 할 것 없이 얼굴을 뜯어 먹고 사는 존재였구나.

'그 사람의 성품을 보고 반했어요.'

'난 그녀의 친절한 행동을 보고 사랑에 빠졌습니다.'

'그녀는 아이들을 좋아해요, 그 모습이 예뻤어요.'

'뭐든 잘 먹는, 건강한 그녀가 최곱니다!'

남자들의 입에서 나오는 이런 말들은 모두 새빨간 거짓말, 대외용 멘트였단 말인가! 할아버지도, 아빠도, 박용준도, 어쩌면 한참견마저도……. 세상에 믿을 남자는 결국 하나도 없었다. 요 며칠, 한참견은 내 껌딱지가 아니었다. 이세나의 비서마냥 세나 곁에서 앵무새처럼 종알종알 잘도 대답해 주었다.

믿을 수 있는 것은 나의 미모뿐이었다. 그러나 나의 미모는 이미 이세나에게 패배한 듯한 느낌을 지울 수 없게 만드는 것이었다. 보름달 표면 위로 세나의 말간 얼굴이 떠올랐다. 도대체 사랑과 미모의 정확한 기준은 이 세상 어디에 있는 것일까, 나는 그것이 궁금해졌다.

문제는 고사리였다. 할머니가 지인으로부터 지리산 고사리를 구입해서 건강이 안 좋은 일산 할아버지한테 보낸 것이 화근이었다. 일산 할아버지는 할머니의 남동생이다. 무슨 얼어 죽을 고사리냐고, 당장에 회수하라고 할아버지는 길길이 날뛰었다. 아픈 애한테 너무하는 것 아니냐고 따져 묻는 할머니에게 할아버지는, '니 동생 나이가 벌써 예순 하고도 여덟이다! 살 만큼 살았다! 그리고 그놈은 자식새끼가 없냐, 일흔넷인 니가 고사리까지 갖다 바치게?'라며 할머니가 가장 꺼리는 나이까지 언급하며 할머니의 심기를 불편하게 만들었다. 할머니의 설움은 극에 달했다. 극에 달한 설움이 도화선이라면 그 도화선에 불을 지핀 것은 문제의 고사리가 외증조할머니의 제사상에 올라갔다는 사실이었다.

"산 사람 입에는 얼씬도 못 하게 하구선, 죽은 사람 입에 그 고사리를 밀어 넣어야 했소?"

"뭣이? 죽은 사람 입에 뭘 밀어 넣어? 이 여편네가 제정신이야? 시어미한테 할 소리야, 그게?"

시집와서 평생을 시댁 제사상을 차린 할머니였다. 일 년에 열네 번이 넘는 제사였다. 그런 할머니가 상을 차리다가 말고 집을 나가 버렸다. 할아버지는 대놓고 나가려면 빨리 나가라고 고래고래 소리를 쳤다. 식비 안 들게 한 삼십 년 전에 나가지, 왜 이제 나가냐면서 비아냥거렸다. 듣고 있자니 해도 너무했다.

"할아버지! 그건 너무 심하잖아요. 할머니가 그동안 얼마나 고생을 했는데……."

"헛소리 말아라. 저 여편네가 호강에 겨워서 저 나이에 세상 무서운 줄 모르고 집을 나가지. 나가서 들어오지 말라고 해!"

할머니가 나가거나 말거나 할아버지는 혼자서 제사를 지냈다. 나는 해주에게 눈짓을 했다, 따라 나가라고. 그러자 해주는 독심술을 하는 애처럼 태연한 얼굴로 내게 대꾸했다.

"할머니 붙잡지 마. 할머니 안 계셔야 할아버지도 할머니 귀한 줄 아시지. 그리고 원래 부부싸움은 남이 끼어드는 거 아니야."

해주의 인정머리 없는 말에 나는 더 이상 참을 수가 없었다. 해주의 등짝을 냅다 때렸다.

"여자의 적은 여자라더니. 너, 너무하는 거 아냐? 할머니가 얼마나 속상하겠냐고!"

대문 밖으로 쏜살같이 뛰어나갔다. 할머니는 그 어느 곳에도 보이지 않았다. 할머니의 걸음이 그토록 빠른 줄 예전에는 왜 몰랐을까?

토요일에 나는 엄마가 근무하고 있는 강원도 부대에 찾아갔다. 할아버지는 내게 무관심이었고, 해주는 동이 트자마자 독서실로 나간 후였다. 할머니는 여전히 집으로 돌아오지 않고 있었다. 일산 할아버지 댁에 전화했더니 다들 모르는 눈치였다. 나는 며칠을 혼자 끙끙댔다. 대한민국에 할머니가 갈 곳이 어디란 말인가! 할머니가 할아버지랑 싸우고 나면 종종 가던 24시간 불가마 찜질방도 가보았지만 할머니의 흔적은 찾을 수 없었다.

춘천에 도착해 시외버스 정류장에서 한 시간에 한 대 있다는 버스를 타고 비포장 도로를 한참 달리고 나서야 엄마가 있는 군부대에 도착할 수 있었다. 공기가 끝내주게 맑았다. 위병소에서 신분을 밝히고 십여 분을 기다리자, 엄마의 일을 도와주는 당번병이 날 데리러 왔다. 나는 상병 계급장을 단 당번병 아저씨, 아니 오빠를 따라 엄마의 사무실 앞에 다다랐다. 부대에서 엄마는 내가 알던 사람이 아니다. 타이밍 절묘하게도 대위 계급을 단 아저씨 한 분이 엄마한테 호되게 당하는 중이었다.

돌아가신 아빠는 엄마가 부하 직원에게 소리치고 야단하는 것도 틀림없이 보았을 텐데, 과연 엄마에게 사랑의 감정을 느낄 수 있었을까. 만약 진실로 그랬다면 그것은 그야말로 신의 축복이요, 기적이라고 하지 않을 수 없다. 로맨스 소설에서 여주인공은 99퍼센트가 청순가련형에 가깝다. 그 로맨스를 읽고 자란 나로서는 우리 엄마처럼 거친 돌격형보다는 야리야리 청순가련형이 더 눈에 끌리는 법이다. 적어도 로맨스 소설의 여주인공이라면 부하 직원에게 삿대질을 해 가며 무섭게 다그치지는 않을 것이다.

문가에 어정쩡하게 서 있는데, 엄마와 시선이 마주쳤다. 고갯짓으로 엄마가 들어오라고 했다.

"뭐 하러 왔어? 여기 올 시간에 책이나 한 권 더 보지."

얼굴 가득 반가워서 어쩔 줄 몰라 하는 표정인데 뭐 하러 왔냐고 묻는 것을 보니 엄마는 할머니보다 할아버지 쪽을 더 닮았나 보다.

"엄마 보고 싶어서 왔지. 토요일이잖아. 학교도 안 가고 하니까."

하지만 진실은 그게 아니었다.

'엄마, 지금 학교가 문제가 아니야. 할머니가 어디로 사라지셨는지 모르겠어.'

이렇게 천하태평하게 자식 학교 걱정을 할 때가 아닌데 말이다.

"해주는 잘…… 지내지?"

"걔는……."

"또, 또! 언니!"

이놈의 위계질서는 엄마한테 목숨이니 나도 별수 없다.

"아이씨. 언니는 월요일에 수행 평가 있다고 못 왔어."

"것 봐라. 형만 한 아우 없다고, 해주는 공부하잖니. 너도 같은
반인데 수행 평가 준비 안 해?"

"엄마는 아무것도 모르면서. 지금 할머니가 선전포고를 하고 집
을……."

"무슨 소리야?"

"아…… 아니, 내가 해주보다 엄마를 더 사랑한다고."

못 미더워하는 눈치였지만 내 아부성 발언이 싫지 않은 모양이
다. 하긴, 사랑한다는데 누가 싫다고 하겠어. 사람은 자고로 사랑
앞에 무릎을 꿇기 마련인가 보다.

"학교생활은 잘 하고 있는 거지?"

"그럼, 내가 누군데. 송미진 여사 딸이잖아."

자신 있다는 표정으로 가슴까지 손으로 두드려 가며 웃어 보이
는데 엄마의 얼굴이 묘하게 변했다.

"너야 늘 씩씩하지. 해주는? 해주, 학교에 잘 적응하고 있지?"

서운했다. 엄마는 날 앞에다 앉혀 놓고 해주 걱정이었다. 학교
성적도 나보다 훨씬 좋고 그 잘난 특목고도 합격은 떼 놓은 당상

이라는 정해주를 왜 걱정하고 야단이람? 다른 집은 첫째보다 막내를 더 위해 주고 걱정해 준다던데, 우리 집은 완전히 반대다.

"언니 걔가 뭐라고 그렇게 걱정이야? 아주 자기밖에 모르는 데다가 공부만 파고 있어."

"네가 좀 이해해 줘."

모르는 사람이 엄마와 나의 대화를 듣는다면 내가 엄청난 이해심을 가진 여중생으로 오해할 수도 있겠다. 내가 뭘 더 이해해야 하냐고 말대답을 하려는 찰나, 엄마의 입에서 흘러나온 뜻밖의 비밀 이야기에 깜짝 놀라고 말았다. 놀란 입은 내 뜻대로 쉽게 다물어지지 않았다.

"해주…… 약 먹어. 정신과 진료 받았어. 스트레스랑 우울증이 겹쳐서……."

떨어져 사는 동안에 해주는 내가 알던 천하무적 정해주가 아니었다. 과학을 그렇게 좋아하더니 돌연변이라도 된 것일까. 갑작스러운 전학에 나는 해주를 단지 귀찮은 존재로만 생각했다. 우리 학교에 전학 옴으로써 내가 해주 때문에 입게 될 피해나 불편함밖에 생각할 줄 몰랐다. 인간이란 원래 이기적인 동물이니까 나처럼 생각하는 것이 당연하다고 위안을 삼는다.

수재들만 간다는 특목중에 다녔던 해주에게 행복하지 않을 이유가 존재했다니…….

"방학식 날 학교 기숙사로 짐도 챙길 겸 데리러 갔더니 해주가 다 찢어진 가방을 든 채 멍하니 서 있더라."

"뭐라고? 가방이 찢어져? 왜?"

"애들이 가방이며 책이며 다 엉망으로 만들어 놓은 모양이야. 그 꼴을 하고 울지도 않고 딱 한 마디 하더라, 나한테."

천천히 열리는 엄마의 입을 통해 나는 해주의 목소리를 들었다. '난주 옆에 가고 싶어.'

아, 바보 같은 계집애. 하고많은 말 중에서 그딴 소리를 지껄이다니. 괜스레 코끝이 시큰해지더니 눈이 아린다. 별스러운 말을 다 하고 난리다. 쓰나미처럼 몰려오는 충격에 나는 표정을 잃어 가고 있었다.

"그런데 그게 다 거짓말이었어, 애들이 책가방을 찢었다는 거. 해주가 자기 손으로 직접 찢었던 거야."

혹 떼러 왔다가 혹 붙이고 가는 꼴이었다. 할머니의 '할' 자도 꺼내지 못한 채, 나는 해주의 비밀을 속속들이 알게 되었다.

"애가 이상해서 병원에 데리고 갔더니 우울증이라고 하더라. 해주, 한동안 우울증 약 먹었어. 그런데 우울증 약을 먹는다는 사실도 스트레스였는지 한동안 머리까지 빠지고 많이 힘들어했어. 도대체 뭐가 그렇게 해주를 힘들게 했는지……."

할머니 집으로 뛰어 들어오며 환하게 웃던 해주의 얼굴이 거짓처럼 느껴졌다. 해주는 그때 분명 웃고 있었는데. 호박꽃, 장미, 프리지어, 백합, 세상의 그 모든 꽃을 다 비유해서 갖다 붙여도 좋을 만큼 활짝 웃으며 나를 향해 외쳤다.

'정난주. 나, 돌아왔다! 혼자선 심심해서 왔어.'

새빨간 거짓말이었다. 심심해서가 아니라 힘들어서였구나. 도대체 무엇이 힘들었을까? 비밀로 해 달라는 엄마의 말에 나는 조용히 고개를 끄덕이는 수밖에 없었다. 이런 이야기를 해주한테 떠들어 봤자, 나도 좋을 건 없으니까.

해주가 오던 날, 가방 안에서 우연히 발견했던 약병을 해주는 아무것도 아니라는 듯 가볍게 웃으며 말했다. 그 기억이 불현듯 뇌리에 스쳤다.

'영양제야.'

'왜 엄마는 너만 영양제 사 주냐?'

우울증 약을 영양제라고 속인 해주가 내게 한 말은 어처구니없는 것인데도 슬픔이 느껴졌다. 그 바보가 자존심은 있어서는…….

성숙한 인간이라면 누군가의 상처쯤은 한 번 정도 두 눈 딱 감고 모른 척해 주는 것이 미덕이다.

밥 먹으러 가자는 엄마의 말에 따라나섰다. 마음이 무거우니 덩달아 발걸음까지 천근만근이다. 한숨 푹푹 내쉬며 땅만 보고 걷는데 엄마 말대로 내 걸음걸이가 요상했다. 정말로 나는 왼발로만 팔자걸음을 걷고 있었다. 엄마가 한눈에 알아본 것을 당사자인 나는 왜 여태껏 몰랐을까?

부대에서 좀 떨어진 거리에 있는 식당으로 향했다. 삼겹살 맛이 최고라고 했는데 삼겹살집이라고 하기엔 가게 모습이 너무 예술적이었다. 가만히 보니 도자기를 만드는 곳이었다.

"왔어?"

머리에 두건을 쓴 사내가 엄마를 보더니 아는 체하며 한달음에 다가왔다. 다채로운 색상의 도자기가 전시된 곳에서 삼겹살을 구워 먹는 기분은 색달랐다. 특히나 색다른 기분을 느끼게 만든 것은 두툼한 고깃살이 아닌, 두건 사내가 유난히 엄마에게 다정했다는 점이다. 단순히 우리 테이블에 서비스 음료를 주고 엄마 손에서 집게를 빼앗아 대신 고기를 구웠다고 하는 소리가 아니다.

두건 씨는 바싹 익은 삼겹살을 내 앞 접시에 놓아 주며 이렇게 말했다.

"미진아, 이 친구야? 자기가 말한 둘째가?"

07

:

우리의 심장

집으로 들어가기 전, 네거리 약국에서 소화제를 샀다. 더부룩 답답한 것이 체한 탓인지, 마음 한구석에 짊어지고 온 혹 때문인지 알 길이 없었다. 엄마에게 애인이 있을 것이라고는 상상조차 해 본 적이 없었다. 아마도 십 대인 나의 뇌는 사랑이나 연애, 애인 같은 단어를 사십 대 이상의 사람들에게 적용시킨 적이 없던 까닭이었다. 《닥터 지바고》를 읽어도, 《사랑과 평화》를 읽어도, 주인공 모두 제 나이가 분명 있었는데도 나의 상상 속에서 그들은 늘 푸릇푸릇한 십 대, 아니면 이십 대로 단정 지어 놓았기 때문이었다.

'가스활명수'를 마시고 약국을 나오자, 트림이 나왔다. 날은 어두웠고 나는 서러웠다. 서러움의 뚜렷한 정체를 설명할 길도 없었다. 어둠 속에서 나는 크게 트림을 했다. 삼겹살 냄새가 암흑을 헤집고 제 존재를 확인시켰다.

"정난주! 난주…… 맞지? 맞을 건데……."

박용준이었다. 아, 타이밍 한 번 절묘했다. 박용준은 분명 내 트림 소리와 내 주위를 맴도는 삼겹살 냄새를 다 확인했을 거였다.

'첫사랑 앞에서 가지가지 한다, 정난주!'

"나, 난주…… 아닌데……."

박용준이 나를 빤히 쳐다보았다. 잠깐의 정적이 사람을 이토록 숨도 못 쉬게 만들 줄이야! 박용준이 나를 보고 피식, 웃었다. 박용준의 웃는 모습 자체는 순정만화 주인공감이지만 웃음의 저의는 스릴러다.

"들켰어, 정난주. 해주는 내가 아무리 불러도 대답을 안 하거든. 넌 돌아보며 친절하게도 대꾸까지 했잖아."

'우이씨, 앤 언제 해주에 대해 이렇게 잘 파악했지? 설마…… 에이, 아닐 거야. 누가 그 사이보그 같은 인간을 좋아하겠어?'

그러나 역사를 살펴보더라도 늘 '설마'가 사람을 잡았다. 박용준 역시 나의 '설마'를 잔혹한 현실로 바꾸어 놓았다. 놀이터에 가서 잠깐 이야기 좀 나누자고 하기에 혹해서 따라나섰다. 놀이터로 걸어가는 내내, 박용준 입에서 가장 많이 흘러나온 단어는 '해주'였다.

"짝 피구할 때 해주가 나한테 뭐라고 한 줄 알아?"

"그걸 내가 알아야 하니?"

말은 이렇게 했지만 나는 이미 해주에게 들어서 다 알고 있었다. 박용준은 묘하게 웃었다. 허탈해 보이기도 하고 슬퍼 보이기도 한,

전반적으로 기운 빠지는 미소였다.

"나 보고 난주 너를 한 번 보라고 하더라. 좋은 애라고, 제대로 만나 보고 노라고 대답해도 늦지 않다고."

'나쁜 년. 정해주, 이게 날 두 번 죽이네.'

놀이터 그네에 나란히 앉아 떨리는 마음으로 박용준의 이야기에 귀를 기울였다.

"난주야. 날 좀 도와주라."

"엉?"

체력도 나보다 월등히 좋은 놈이 뭘 도와 달라는 건지. 박용준이 발을 굴러 그네를 공중에 띄웠다. 나는 허공으로 올라가는 박용준의 뒷모습을 멍하니 바라보았다. 그네는 다시 내 곁을 스치고 지나갔다. 그 찰나, 박용준의 목소리가 내 심장을 때렸다.

"나, 정해주한테 관심 있어."

보름달이 뜬 밤이었다. 누군가의 소원은 이뤄져야 한다는 징조일까. 나는 그네를 붙들고 앉아 얼음처럼 굳어 버렸다. 이런 식의 고백을 듣는 것보다 차라리 박용준한테 백 번을 차이는 게 나을 정도였다. 너무나 잔인한 고백이었다. 왜 내가 아니고 정해주냐고 따져 묻지도 못했다. 그렇게까지 바닥이 되고 싶지는 않았으니까. 적어도 같은 자매를 시기, 질투하는 못난이가 되고 싶은 생각은 없었으니까. 박용준이 뭐라고 계속 떠들었다. 그러나 내 귀에 하나도 들어오지 않았다.

'정해주한테 관심 있어.'

이 말은 정해주가 좋아, 라는 뜻이나 다름없었다. 또한 앞으로 나, 정난주의 고백은 절대로 받아 줄 수 없다는 사실을 단단히 못 박는 것이기도 했다. 그 옛날의 악몽이 떠올랐다. 나는 박용준에게 소리치고 싶었다.

'야! 이 바보 멍청아! 걔나 나나 다른 게 뭐가 있냐? 얼굴도 똑같 아. 그런데 왜 해주는 되고, 나는 안 되는 건데?'

세상의 모든 사람들이 사랑을 받고 사랑을 하는 날이다, 나만 빼고. 나는 그네에서 일어났다. 아무렇지 않은 척, 무척이나 쿨하고 시크한 척, 가장을 하고 박용준에게 말했다.

"잘 해 봐."

내 심장은 왜 이리 물러 터졌을까. 놀이터를 벗어나는데 심장이 쿡쿡 쑤시고 저려서 혼났다. 혹시나 나도 모르게 심장을 부여잡을 까 봐, 두 손을 주머니에 집어넣고 걸었다. 등 뒤에서 박용준이 내 이름을 불러 댔으나 나는 돌아보지 않았다.

버스 정류장에 서서 집으로 가는 버스를 기다렸다. 혼자 버스를 기다리는 사람은 나뿐이었다. 이상하게 눈물이 안 나왔다. 로맨스 드라마였더라면 이 상황에서 여주인공은 반드시 눈물을 흘려 줘 야 한다. 괜히 고개를 들고 보름달을 보는 척했다. 박용준한테 차 였을 때가 나았다. 그때는 웃으며 '다음 기회에.'라며 간단히 돌아 설 수 있었다. 너는 아직 나의 매력을 못 찾았구나, 하면서 말이다.

하지만 '해주한테 관심 있어.'는 다른 문제였다. 이건 '다음'도 없다는, 완전한 끝이다.

'충격받아야 하는 것 아닌가? 내 첫사랑이 내가 아니라 해주를 좋아한다는데 놀라기는 했지만 그냥 그렇잖아. 이러면 안 되는 거 아닌가?'

버스 정류장 간이 의자에 풀썩 앉아 버렸다. 집으로 가는 막차가 올 시간이 다 되었는데, 버스마저 속을 썩이려나 보다.

"오늘 즐거웠어. 다음에 또 부탁할게. 그래도 되지?"

귀에 익은 목소리였다. 화장품 가게에서 나오는 두 사람을 보고 차갑게 얼었던 심장이 뜨겁게 타올랐다. 한참견과 이세나였다. 한참견의 옆에 내가 아닌 누군가가 서 있다는 것이 낯설었다. 한참견의 옆자리를 맡아 놓기라도 한 것이냐고 묻는다면 딱히 할 말은 없지만 그 아이의 옆은 늘 나였다.

툭, 툭.

눈물샘이 엉뚱한 곳에서 터졌다. 설명할 수 없는 서운함이 몰려들었다. 충격은…… 엉뚱한 곳에서 터졌다.

막차가 왔다. 자리에서 일어나야 하는데 다리에 힘이 풀렸다. 박용준의 고백에 큰 충격을 받고 쓰러지기라도 했어야 하는데 의외로 아무렇지 않았다. 놀란 마음은 사실이었지만 땅이 솟고 하늘이 꺼지는 기분은 아니란 뜻이다. 그런데 왜 한참견을 보고 나는…….

제 주소를 찾지 못한 마음이 바보처럼 여기저기 떠도는 기분이었다.

'괜찮아야 해. 괜찮지 않을 리가 없잖아? 쟨 한참견이야. 한참견이 이세나랑 데이트를 하든 뭘 하든 무슨 상관이람?'

"어? 정난주. 너, 여기서 뭐 해? 버스 안 타?"

괜한 부아에 나는 한참견을 떠밀었다. 한참견이 휘청거렸지만 곧 중심을 잡고 놀란 눈으로 나를 쳐다보았다. 막차를 기다리던 사람들이 하나둘, 버스에 올랐다.

"이 버스 놓치면 끝이야. 정 여사, 얼른 타."

한참견이 버스 앞에서 소리쳤다. 나는 한참견을 매섭게 노려보았다.

"너, 이 버스 타지 마. 너 타면 나, 이 버스 안 탈 거야."

내 말에 한참견이 황당하다는 표정을 지었다. 나도 안다, 내 말이 얼마나 말도 안 되는 억지인지. 하지만 지금 당장 내 마음을 이렇게밖에 표현할 방법이 없었다. 그렇지 않으면 내 심장이 폭발할 것 같았다.

"너…… 우냐? 무슨 일 있어?"

나는 눈물을 손등으로 훔치며 한참견에게 경고했다.

"너, 이 버스 타면 난 안 탄다고 했다."

"하, 밑도 끝도 없이 그게 무슨 소리야. 너, 무슨 일 있구나?"

한참견의 얼굴에서 표정이 싹 사라졌다. 걱정스러운 낯빛이 지나가는 차들의 헤드라이트에 잠깐 스쳐 지나갔다. 한참견이 버스 문 앞에서 한 걸음 물러섰다.

"응, 안 탈게. 어서 타."

나는 앞만 보며 버스에 올랐다. 버스 아래 서 있는 한참견을 보고 기사 아저씨가 말했다.

"학생, 안 타?"

"네, 안 타요. 수고하세요."

버스 맨 뒤로 가서 앉았다. 방과 후, 집으로 돌아갈 때면 한참견과 나란히 앉는 자리였다. 차창 밖으로 혼자 서 있는 한참견이 보였지만 나는 고개를 돌려 버렸다. 차창 유리로 나를, 내 표정을 읽어 보려는 한참견은 한결같았다. 고개를 돌리고 앉았지만 반대편 차창에 비친 한참견에게서 시선을 떼지 못했다.

깜빡 졸다가 허겁지겁 버스에서 내렸다. 사방이 캄캄했다. 버스 정류장에서 집까지 가는 길은 제법 멀었다. 낮이면 모를까, 밤길을 이십여 분 걷는 건 무서웠다. 이럴 줄 알았으면 한참견한테 버스 타지 말라는 소리 따위는 하지 말걸. 하지만 후회해 봤자 늦었다. 해주한테 전화를 걸어서 데리러 오라고 할까, 생각해 봤지만 박용준한테 충격 고백을 들은 마당에 해주의 도움을 받기는 싫었다. 오늘은 철저히 외톨이인 날이었다.

"아, 정말 거지 같다."

하루하루를 잘 살고 있는 건지, 제대로 살고 있는 건지, 내 미래는 안녕하신지, 모든 것이 불안해서 죽을 지경이었다. 머릿속이 표백제를 뿌려 놓은 것처럼 하얗게 변했다.

"그렇게 우니까 거지 같지."

가로등 아래에서 한참견이 나타났다. 누구 때문에 택시 값만 날렸다고 투덜댔다. 나는 애써 한참견을 무시하고 걸었다. 아무리 보기 싫어도 한참견이 함께라면 집에 가는 길이 무섭지 않을 것이다. 뒤에서 한참견이 따라오는 발소리를 들으며 나는 앞만 보고 걸었다. 노래를 못 부르는 한참견이 내가 좋아하는 '방탄소년단' 노래를 흥얼거리기도 했다.

'음치, 박치…… 아주 야단났네. 이세나한테 다 알려 줘야겠어, 흥!'

걷다 보면 진흙 길도 나오고 가로등이 깨져 있어서 어둡기도 했다. 그러다가 다시 보름달이 환히 비추는 길목에 다다르기도 했다. 그 다양한 길을 나는 혼자 걷지 않았다. 등 뒤에서 한참견이 나와 똑같은 속도와 보폭으로 타박타박 걷고 있었다. 대문 앞에 다다랐을 때야 비로소 나는 깨달았다. 한참견네 집은 우리 집보다 버스 정류장에서 훨씬 가까웠다.

"울지 말고 잘 자, 정 여사."

한참견은 왔던 길을 혼자, 또다시 되돌아가야 할 것이다.

동틀 무렵, 할머니가 돌아왔다. 할머니가 없어도 끼니를 거르면 큰일 나는 줄 아는 할아버지 덕분에 나는 꼬박꼬박 일어나 쌀을 씻고 밥을 해야 했다. 할머니가 집을 나간 지, 일주일째다. 실종 신고를 해야 하는 것 아니냐는 물음에 할아버지는 실종 신고는 아무나 하는 거냐며 쓸데없이 일 만들지 말고 가만히 있으라고 했다. 반평생을 함께 산 아내가 가출을 했다. 사는 동안, 슬프고 기쁘고 속상하고 즐거운 일을 같이 나눴던 동반자를 이렇게 취급할 수는 없는 법이었다. 오늘까지 기다려 보고 할머니가 안 들어오면 나는 할아버지 의사와 상관없이 실종 신고를 하리라 결심했다. 엄마한테도 알릴 것이다. 당신의 엄마가 가출했는데 연애라니! 해주, 이 나쁜 계집애는 할머니가 집에 없는데도 묵묵히 수학 숙제를 하고 보충수업도 모자라, 학원 특강까지 다 챙겨 들었다. 허둥대는 건 나뿐이었다.

해주한테 당번을 정해서 밥을 하자고 제안했더니, '난 요리는 젬병이야. 설거지나 그냥 시켜.'라고 딱 잘라 말하기에 군말하지 않고 오케이 했다. 졸린 눈을 비비고 부엌에 나갔다가 기겁을 했다. 고쟁이를 벗어 던진, 잘 차려입은 할머니가 밥을 하고 있었다. 할머니는 딴 사람 같아 보였다. 매일 새벽, 내가 봤던 눌린 파마머리도 없었고 촌스러운 꽃무늬 고쟁이도 보이지 않았다. 대신 볼륨을 준 짧은 커트 머리에 단정한 분홍빛 니트, 아이보리 색깔의 긴 치마가 할머니를 딴사람으로 보이게 했다. 일주일은 할머니에게 새 인생을 살게 할 결심을 심어 준 시간이었던 것 같았다.

평소보다 정갈하고 푸짐한 상차림이 등장했다. 아침상에는 잘 올라오지 않던 소고기 전골까지 등장했다. 아침부터 너무 과한 상

차림이 아니냐고 묻자, 할머니는 적어도 밥상으로 트집 잡혀 이혼하는 여자가 되지는 말아야지, 라고 말했다. 할아버지라면 당신의 목적을 위해서 온갖 말도 안 되는 생트집을 잡고도 남을 위인이었다. 아침상을 다 차리고 할머니는 다시 한번 상을 쭉 훑어보았다.

"할머니, 진심이야? 진짜 할아버지랑 이혼할 거야?"

할머니는 내 물음에 대답하지 않았다. 대답하기 싫어서가 아니라, 이미 이혼하기로 결정했으니 딴소리 말라는 무언의 시위 같았다. 그러고선 동문서답이었다. 엄마 대신해서 해주랑 나를 키워 줬으니까 이다음에 성공하면 할머니의 은공을 잊어서는 안 된다고 했다. 이혼을 해도 나, 정난주는 할머니 오말년 여사의 새끼라고 했다. 왜 내가 오말년 여사의 새끼냐고 물었더니 이제껏 밥해 먹이고 빨래해 준 것을 떠나서 가사 숙제를 누가 도왔는지 생각해보라고 했다. 나는 가사 실습에 약한 인간이었던 터라, 중학교 시절 내내 매번 나의 가사 숙제는 할머니 숙제나 마찬가지였다. 가사 수행평가로 제출할 한복 만들기도 할머니가 다 해 줬다. 할아버지가 안방에서 코를 골며 잘 때, 할머니는 내 방에서 돋보기를 쓰고 늦은밤까지 한복 깃에 한 땀, 한 땀 정성스레 동정을 달아 주었다. 할머니의 모습이 왠지 모르게 측은하고 안쓰러워 보였던 순간이었다.

할머니가 안방으로 밥상을 들여갔다. 할아버지는 밥상 위에 차려진 메뉴보다 할머니의 바뀐 외모에 놀란 눈치였다.

"아침부터 얼굴에 분칠이나 하고…… 쯧쯧, 자알 하는 짓이다."

할아버지는 마음에도 없는 소리를 했다. 내뱉은 말과 달리, 콩나물국을 마시면서 흘끔 할머니를 곁눈질했다. 당신이 잘 가는 동네의 백마다방 마담과 비교하는 건가? 해주는 할머니를 보고 이렇게 말했다.

"할머니, 할아버지랑 이혼해도 금방 젊고 멋진 남자친구 생기겠어요."

"뭐가 어쩌고 어째! 이런, 망할 계집애를 봤나!"

나는 할아버지가 용인 줄 알았다. 입에서 불을 뿜을 기세로 할아버지는 해주를 나무랐다. 할머니는 기다렸다는 듯이 할아버지 앞에 서류를 내밀었다. 이혼 서류였다. 숟가락을 바닥에 내동댕이친 할아버지가 손을 부들부들 떨면서 서류를 갈기갈기 찢었다.

"내 눈에 흙이 들어가도 이혼은 못 해! 지금이 어느 때인데 이딴 종이 쪼가리를 들이밀어, 들이밀기를!"

이장 선거가 코앞으로 다가왔다. 더불어 할아버지의 이혼도 코앞으로 닥쳤음을 할아버지는 도통 모르는가 보다. 할머니는 찢어진 종이를 손으로 쓸어 모으더니 차분한 어조로 말했다.

"찢으시오. 이럴 줄 알고 서류는 여유 있게 작성해 왔으니."

할머니는 우리에게 학교 늦겠다며 얼른 밥을 먹으라고 했다. 해주는 밥 한 그릇을 깨끗이 비워 냈다. 위장이 튼튼한 건지, 속이 없는 애인지, 알다가도 모를 일이었다. 제 속을 보이지 않는 애라서 나는 해주가 더 걱정스러웠다.

남아 일언 중천금. 어른들 말씀에 사내는 계집애와 달리 입과 엉덩이가 가볍지 않다고 했다. 고스톱 판에서도 진정한 사내는 '한 번 고는 영원한 고'라고 울부짖는다고 했다. 그리고 진정한 사나이는 목에 칼이 들어왔으면 왔지, 결코 거짓말을 하지 않는다고 했다. 하지만 이 모든 말은 남자들을 우상화하기 위해 지어낸 새빨간 거짓말일 뿐이다. 한참견이 나에게 겁도 없이 뻥을 쳤다. 막차 사건 이후, 나는 스스로 반성을 했다. 아무리 화가 나도 막차를 못 타게 한 짓은 철부지의 막무가내였다. 그래서 주말에 만나자고 연락을 했더니 집안에 일이 있어서 못 만난다는 것이었다. 그런데 다 새빨간 거짓말이었다.

"너, 그 행동 뭐냐?"

"내가 뭘?"

"어쭈, 한참견. 이젠 내 앞에서 오리발까지? 많이 컸다!"

"무슨 소리야? 알아듣게 말해."

"한참견! 그렇게 여기저기 참견하고 다니니까 좋냐?"

한참견이 나를 배신했다. 내가 이세나를 눈엣가시처럼 여기고 있다는 것을 누구보다 잘 알면서 주말에 친구 할아버지네 과수원에 가서 온갖 일을 다 해 주고 왔다는 소문이 학교에 파다했다. 일만 해 주고 끝냈으면 좋았을 것을, 영지 말로는 주말에 한참견과 세나가 서점은 물론이고 아이스크림 가게에서 머리를 맞대고 앙증맞은 분홍색 아이스크림 숟가락을 빨고 있었다고 했다.

그 누구보다 게으르고 일하는 것을 귀찮아하는 인간으로 주말이면 늦잠을 취미로 삼는 한참견이 세나네 할아버지 과수원에서 새벽이슬을 맞아 가며 온갖 잡일을 성의껏 해 줬다는 소식은 그야말로 충격이었다. 내가 '러브하우스'에서 이불 빨래를 도와 달라고 할 때도 정오가 훨씬 지나서야 어슬렁대며 왔던 애였다. 더불어 녀석은 세나가 해다 준 새참까지 먹으며 싱글벙글 어쩔 줄 몰라 했다는 후문이 내 귀에까지 들려왔다. 그리고 한참견은 일해 준 것도 모자라 내가 변비로 고생하는 것까지 세나에게 미주알고주알 다 일러바친 듯했다. 어쩐지 오늘 아침, 화장실에서 만난 세나가 날 보며 히죽 웃더라니. 내 속도 모르고 점심을 같이 먹겠다며 배식판을 들고 옆에 앉아 히죽대는 한참견의 발을 있는 힘껏 밟아 줬다.

"그깟 새참이 그렇게도 꿀맛이더냐? 아주 아이스크림 숟가락이 녹아 없어질 때까지 입에 물고 있지 그랬냐."

"뭔 소리래?"

"나쁜 새끼!"

돌아보지 말자. 돌아볼 것도 없다. 돌아볼 필요도 없을뿐더러 돌아보면 나는 진짜 못난이, 찌질이가 되는 거다. 고작 한참견 때문에 이렇게 말도 안 되는 분노에 휩싸인 것 자체가 내 정신 체계에 문제가 생긴 것이나 다름없다.

"정 여사, 너 생리해? 배 아파? 양호실에서 약 타다 줄까?"

나는 한참견의 등짝을 스매싱으로 내리쳤다. 더 말을 섞을 필요도 없는 인간이었다. 씩씩대며 교실로 들어가려는데 복도에서 이세나와 마주쳤다. 이세나가 나를 보더니 미소를 지었다. 이상야릇하고 뭔가 비웃는 듯한 분위기에 다시 열이 발끈 치솟았다.

"야, 이세나! 너, 왜 나만 보면 웃냐?"

"왜? 보고 웃으면 안 되니?"

"그래, 안 돼. 나 보고 웃으려면 돈 내고 웃어."

"이게 매력인가? 한참견이 왜 쩔쩔매는 줄 모르겠네."

돌아서려는 이세나의 교복 뒷덜미를 나도 모르게 확 낚아챘다. 갑작스레 뒷덜미를 붙잡힌 이세나가 버둥거렸다.

"이거 놔. 쌍둥이, 왜 이래? 말로 해."

"나, 쌍둥이 아니라 정난주거든. 한 가지만 묻자. 주말에 한참견이 너희 집에 가서 종일 머슴 노릇했니?

"아니."

듣던 말과 달라서 잠시 당황했다. 그럼, 그렇지. 한참견이 누군데 내가 싫어하는 이세나네 가서 일해 줄 리가 없지. 만족스러운 미소가 얼굴에 번지려는 찰나, 이세나가 얄밉게 웃으며 말했다.

"머슴처럼은 아니고 콧노래까지 불러 가며 열심히 일해 줬어. 한참견, 아니 한열, 착하고 괜찮더라. 남친 삼고 싶을 정도로."

"뭐…… 뭐? 착하고 괜찮아?"

숨이 턱 막혔다. 이 근원을 알 수 없는 충격은 무엇이란 말인가.

'브루투스, 너마저……'

믿었던 브루투스에게 칼을 맞고 쓰러지던 줄리어스 시저도 지금의 나만큼 놀랍고 충격을 받았을까. 아, 열 받는다.

이세나가 나를 보고 사근사근 웃는다. 이세나, 저 계집애는 그냥 웃는 것이 아니고 꼭 눈웃음을 살살 친다. 지금의 내 심정은 꼭 창문에 묻은 지문, 바다로 흘러갈 똥 묻은 휴지 조각 같았다. 어느 영화에서 주인공이 자기 자신을 비하하며 읊어 대던 넋두리가 지금의 나란 인간을 설명하기에 딱 좋은 표현이 될 줄이야. 이세나네 과수원에서 땀을 흘려 가며 속도 없이 헤벌쭉 웃으며 머슴처럼 일했을 한참견을 떠올리니, 속에서 화가 솟구쳤다.

"야, 이세나! 너, 한참견한테 꼬리 치는 거야?"

"꼬리라니. 정난주, 무슨 얘기가 하고 싶은 건데?"

"너 왜 한참견한테 진심도 아니면서 걔를 남친처럼 데리고 다니는 건데?"

내 얼굴을 물끄러미 보던 세나가 갑자기 호들갑스럽게 웃었다. 숨넘어갈 듯한 웃음소리가 심히 내 심기를 불편하게 만들었다.

"야, 정난주. 내가 한참견한테 진심이 아니라고 누가 그래?"

"어, 어?"

"정난주, 넌 네가 한참견을 다 안다고 생각하지? 그래서 그렇게 한참견한테 막무가내로 구는 거고."

"뭐?"

"한참견이 너 좋아한다 싶으니까, 시시하고 그렇지? 그래서 막

대해도 된다고 생각하지? 한참견이 어떤 고민을 하는지, 걱정거리가 뭔지 알기나 하니? 그러고도 네가 한참견을 다 안다고 할 수 있어?"

이세나의 대답을 듣자, 내 주먹이 울기 시작했다. 부르르 떨리는 주먹을 세나의 얼굴 한가운데에 날렸으면 좋겠다고 생각하는 순간, 또다시 세나가 입을 열었다. 하지만 그 주먹이 진짜 세나의 몫인지 확신이 들지 않았다.

"너, 단 한 번이라도 한참견을 제대로 돌아본 적 있니? 없지? 없을 거야."

이세나를 한 대 치려던 내 손이 주춤거렸다. 이세나가 나의 충복, 한참견을 내 허락도 없이 함부로 부려 먹은 것은 열 받았지만, 이세나의 말은 무시할 수 없는 어떤 힘이 있었다. '한 번이라도 제대로 돌아본 적 있니?' 그 물음에 나는 확신할 수 없었다.

시야에서 멀어져 가는 이세나의 교복 치맛자락을 멀거니 바라보며 나는 묘한 감정에 사로잡혔다. 설명할 수 없는 기분이었다. 한참견이 세나의 남친이 아직은 아니라는 사실에 안도감이 들면서 한편으로는 한참견이 세나의 남친이 될 수 있다는 말에 속이 쓰렸다. 내가 갖긴 싫고 남 주긴 아깝다는 말이 괜히 생긴 게 아닌가 보다.

따악!

뒤통수가 얼얼했다. 해주였다. 팔짱을 끼고 나를 한심하다는 듯 쳐다보고 있었다.

"네가 뭔데 손찌검이야?"

"내 동생이라 때렸다, 왜."

반박을 하려는데 해주가 헤드록을 걸었다. 나는 풀썩 무릎을 꿇었다.

"이거 안 놔? 놔, 놔! 놓으라고!"

몇 번을 버둥거리자, 해주가 헤드록을 풀었다. 그러더니 내 옷매무새를 만져 주며 속삭였다.

"이 바보야. 나한테는 져도 딴 년한테는 절대 뺏기면 안 돼. 알겠어?"

나는 바보같이, 무엇에 홀린 듯 해주의 말에 고개를 있는 힘껏 끄덕였다. 해주도 마주 보며 같이 고개를 끄덕여 주었다. 주먹을 불끈 쥐고 흔들며 나에게 '화이팅!'이라고 외쳐 주기까지 했다.

우리는 처음으로 함께 땡땡이를 쳤다. 교복을 입고 한낮의 햇살을 즐겼다. 점심을 먹은 지, 한 시간도 지나지 않았는데 길가 포장마차에서 떡볶이를 먹었다. 그러고는 핫도그를 입에 물고 살을 빼겠다는 이유로 공원을 걸었다. 내 손에는 토마토케첩과 머스터드 소스를 바른 핫도그가, 해주의 손에는 설탕이 눈가루처럼 뿌려진 핫도그가 들려 있었다. 해주는 설탕을 혀로 살살 핥아먹었다.

"애정 결핍이냐? 단것에 환장하게."

내 말에 해주는 '아마도?'라고 간단히 대답했다. 순순히 그렇다고 하니 해주가 아닌 것 같았다.

"토요일에 엄마 보고 왔지?"

해주가 물었다. 더 이상 숨기는 것은 없기다.

"응. 엄마랑…… 삼겹살 먹었어."

해주의 걸음이 조금 느려졌다. 하지만 여전히 설탕을 핥고 있었다.

"그 남자…… 봤겠네?"

"응."

"엄마 애인이야. 설마 눈치 못 챌 정도로 바보는 아니지?"

얘는 끝까지 친절하게 굴려는 내 마음을 깡그리 까먹는 데에 특별한 재주가 있었다.

"야! 다 알거든, 그 정도는."

설탕을 싹싹 다 핥아먹은 해주가 미련 없이 핫도그를 쓰레기통에 버렸다. 얘는 사이코가 아닐까?

"엄마가 그 남자랑 재혼한다고 하면 넌 어떨 것 같아?"

이런 기습 질문에 약한 것이 나였다. 해주는 용서할 수 없다고 했다. 아빠밖에 모르는 것처럼 굴던 엄마가 낯선 남자를 아빠 자리에 세운다는 사실에 분노했다.

"난 아빠 얼굴이 자꾸만 기억에서 흐려져서 미안해 죽겠는데, 그게 찜찜해서 죽겠는데 엄마는 왜 아빠가 아닌 다른 상대에게 사랑을 말한다니?"

저절로 한숨이 흘러나왔다.

"정난주, 말해 봐. 넌 로맨스를 안다며? 사랑에 관해서는 전문가라며? 그래서 로맨스 소설가가 되겠다며? 그렇게 변하는 감정 따위는 뭐니? 과학적으로 설명 가능한 거니?"

나는 목이 메도록 핫도그를 입안에 꾸역꾸역 밀어 넣었다. 체할 것 같았지만 멈추지 않았다.

'이 바보야. 그걸 알면 내가 이러고 앉았겠냐?'

열여섯, 참으로 난처한 나이가 아닐 수 없구나. 무엇 하나, 그 어떤 감정 하나 똑바로 붙잡지도 못하고 시시때때로 변하는 내 감정조차도 알아차리지 못하는, 애매하고 어설픈 나이, 열여섯이었다.

"속상해하지 마. 아프지도 말고."

내 말에 해주가 말간 눈으로 날 바라보았다.

"왜?"

"넌 내 분신이나 마찬가지니까. 우린 하나니까."

나를 바라보는 해주의 눈동자는 많은 것을 말해 주고 있었다. 해주가 내 속마음을 제대로 읽어 낼 수 있기를 바랐다.

'네가 상처를 받는다면 그건 나에게도 상처가 되는 거야.'

그랬다. 해주와 나는 언제나 하나였다. 처음부터 끝까지, 몽땅.

o8

:

사탕의 쓴맛

진즉에 땅거지 같은 짓은 하지 말았어야 했다. 호기심이 고양이를 죽인다더니, 고양이가 문제가 아니라 내 숨이 넘어가게 생겼다. 어제 '러브하우스' 청소를 하다가 엄한 짓을 했다. 연푸른이 쓰던 쓰레기통을 비우다가 묘한 것을 발견했다. 버려야 마땅했을 것을 설마, 설마 하면서 집어 들었다.

"맙소사! 두 줄이야."

"두 줄?"

나의 표정이 사뭇 심각했을 것이다. 한참견이 바싹 내 곁으로 다가와 앉았다. 버스 사건 이후, 나는 한참견과 거리를 두고 있는 중이었다. 그런데 얘는 눈치도 없는지, 예나 지금이나 내 주위를 맴돌았다. 먹던 햄버거가 바닥에 떨어진 지 이미 오래전, 콜라의 탄산은 푸시시, 김이 새고 있었다. 나는 내 손안에 쥐고 있는 임신 테

스트기를 떨어뜨리지 않으려고 크게 심호흡을 했다. 아는 척하지 말아야지, 했던 결심까지 흩뜨릴 정도로 나는 연푸른이 사용한 물건에 정신이 팔려 있었다.

"임신이란 말이지."

"뭐어? 임시이인! 야, 정난주!"

자리를 박차고 일어난 한참견이 비명을 질렀다. 다짜고짜 어떤 새끼냐고 길길이 날뛰었다.

"아냐! 말하지 마! 어떤 새끼인지 알 만하니까. 내가 박용준, 이 개자식을 그냥!"

한참견의 입에서 튀어나온 박용준 소리에 나는 정신이 번쩍 들었다. 엉뚱한 상상력에 어처구니가 없을 따름이었다.

"야, 한열. 아니거든. 너, 돌았니?"

그러나 내 외침은 허공으로 산산이 부서지고 있었다. 한참견은 흡사 단거리 선수처럼 내 눈앞에서 사라졌다. 나는 한참견을 부르며 뒤를 쫓았다.

'아, 미친놈. 한국말은 끝까지 들어야 한다니까!'

숨이 턱까지 차오르다 못해 목구멍에서 피맛이 나는 것 같았다. 너무 뛰어서 토하기 일보 직전이다. 한참견의 뜀박질이 멈춘 곳은 쓰레기 소각장이었다. 내가 말릴 사이도 없이 한참견은 쓰레기통을 들고 선 박용준에게 향했다. 누가 봐도 뻔한 싸움이었다. 운동을 해 온 박용준을 공부만 하던 한참견이 이길 수는 없는 노릇이었다.

뻥!

파열음과 함께 박용준의 손에 들린 플라스틱 쓰레기통이 하늘을 날았다. 쓰레기 또한 공중에 흩어졌다.

"야, 한참견! 너, 지금 뭐 하냐?"

의외로 박용준의 목소리는 덤덤했다. 대신 얼빠진 얼굴로 한참견을 멀거니 쳐다보고 있었다. 늘 여유 있고 헤헤거리고 웃는 한참견에게서 좀처럼 볼 수 없는 행동에 놀란 듯했다.

"너, 어장 관리해? 내가 난주는 안 된다고 했지? 그런데 네가…… 난주한테 무슨 짓을 한 거야!"

이 황당하기 짝이 없는 전개에 나는 정신이 하나도 없었다. 당장에라도 박용준의 멱살을 잡을 한참견의 팔을 잡고 소리쳤다.

"그만해! 아니라니까! 너, 미쳤어?"

한참견이 끝내 내 손을 뿌리치고 박용준에게 주먹을 날렸다. 제자리에서 살짝 흔들렸지만 박용준은 건재했다. 여전히 한참견의 행동에 적응이 안 되었는지 멍한 표정이었다.

"야, 한참견. 너, 진짜 미쳤어? 왜 때리냐?"

"임……신."

끝내 저 바보가 헛소리를 하는구나! 박용준의 눈이 밖으로 튀어나올 만큼 커졌다. 그러더니 아주 천천히 고개를 돌려 나를 바라보았다. 날카롭게 가늘어진 눈이 나를 향해 끔뻑거렸다.

"아냐!"

나는 비명에 가까운 소리를 질러 댔다. 박용준이 고개를 갸우뚱하며 나에게 말했다.

"아냐?"

"그래. 진짜 아니야! 야, 한열! 너, 진짜 미쳤어?"

나의 다그침에 한참견이 나에게 물었다.

"그럼 누구?"

두 남자의 시선이 한꺼번에 나에게로 쏠렸다. 평소라면 우쭐했겠지만 이건 내가 원하는 방향이 아니다. 일이 묘하게 꼬이고 있었다. 입을 꾹 다문 채, 나는 바닥에 떨어져 있는 쓰레기만 발로 툭툭 찼다. 비록 박용준은 똥이라도 밟은 듯한 표정으로 입을 삐죽 내밀고 있긴 했지만 뭐, 박용준의 못난 오리 입이 내 입은 아니니까 상관없다.

"아, 진짜……. 나는 진짜 아니다…… 같게."

박용준은 쓰레기통을 들고 퇴장했다. 해주한테 이 말도 안 되는 일은 비밀로 하자고 하는 통에 나는 박용준에게 씌운 콩깍지가 벗겨진 기분이었다.

'굿바이, 박용준. 어어…… 한참견…… 왜 이래?'

내게 한 발짝, 한 발짝, 더 가까이 다가오는 한참견의 표정을 읽을 수 없어서 당황했다. 그러고 보니 나와 관련된 일이라면 무엇이되었든 제 속내를 절대 숨기지 않는 애였다. 다가온 한참견이 가만히 나를 끌어안았다. 어깨동무를 하거나 장난 삼아 헤드록을 걸었던 적은 수없이 많았지만 포옹은 처음이었다.

"내가 지킬 거야, 늘 그랬듯이. 책임진다고, 너."

"……."

순간 심장이 내 발등 위로 쿵, 떨어지는 기분이었다. 평소와 다른 느낌, 다른 분위기, 내가 알지 못하는 한참견을 마주하고 있는 것 같았다. 한참견의 엉뚱한 상상을 바로잡아 주고 싶지 않았다. 이 순간을 조금은 더 누려도 좋지 않을까. 이세나를 알기 전, 언제나 내 옆에만 서 있던 내 친구 한참견으로 되돌아온 것 같아서 마냥 좋았다. 나는 한참견의 허리를 가만히 끌어안았다.

수많은 날을 함께 보냈고 울고 웃고 다투고 삐치고 화도 냈다가 화해를 하면서 오늘까지 함께해 왔다. 특별할 것도 없는 오늘이 우리 둘의 내일을 조금은 바꿔 놓을 것 같은 예감이 들었다. 손을 풀면 다시 예전의 나와 한참견으로 돌아갈 것이다. 하지만 오늘의 나는, 예전처럼 돌아가고 싶지 않은 마음이었다.

며칠째 할머니는 할아버지를 향해 시위 중이다. 시위 방법이 다소 생소했지만 어쨌거나 시위는 시위다. 당신의 입맛에 딱 떨어지는 밥상과 함께 이혼 서류를 받아든 이후, 할아버지는 아닌 척했지만 확실히 긴장하고 있었다. 계속 할머니가 이혼을 요구하거나 살림 파업 선언이라도 할 줄 알았는데 집 안은 오히려 더 반짝거릴 정도로 깨끗했다. 매 끼니마다 진수성찬이 차려졌다. 심지어 다림질을 싫어하는 할머니가 할아버지 팬티까지 다려 줄 정도였다. 수상쩍은 나날이었다. 불안감을 떨치지 못한 할아버지가 급기야 애지중지하던 흑염소 한 마리를 더 팔았다. 흑염소 2호는 할머니를 위해 장렬히 전사한 셈이었다.

나는 방문을 살짝 열고 거실의 동태를 살피는 해주에게 물었다.

"아직도야?"

"응, 그런 것 같아. 이쯤이면 반응이 있어야 정상인데……."

해주가 고개를 절레절레 흔들었다. 스스로 똑똑하다고 자부하던 해주도 예상 답안을 제시할 수 없는 모양이었다. 그럴 수밖에 없는 것이 돈과 관련된 것이라면 무조건 아깝다고 보는 할아버지가 할머니의 마음을 돌리기 위해 흑염소를 팔았다. 당신의 건강을 위해서 키우던 흑염소였다. 흑염소를 팔아 할머니의 손가락에 금반지를 끼워 준 것이다. 14K도, 18K도 아닌 순도 99.9퍼센트의 24K 금반지…… 그것도 쌍가락지였다.

해주, 얘는 혼자 똑똑한 척을 다 하면서 가끔 모자란 짓을 한다. 까치발을 들고 안방 문가에 귀를 대고 엿들을 필요가 전혀 없는 것이, 할아버지와 할머니는 목청이 워낙에 커서 엿들으려 애쓰지 않아도 안방에서 무슨 이야기가 오가는지는 귀머거리가 아닌 다음에는 전부 알 수 있었다.

"자자, 금반지도 받았겠다. 이혼 취소지, 할망구?"

할머니의 무반응에 백기를 먼저 든 사람은 예상을 깨고 할아버지였다.

"선거가 코앞인데 이 여편네가 못 하는 소리가 없구만. 말이야, 똥이야!"

"내가 이혼 전까지 당신 잡수고 싶은 것들 꼬박꼬박 해다 바칠 터이니 걱정 마시고 도장이나 찍으시오. 이딴 쓸데없는 금 쪼가리 앵기지 말고."

"시끄러워! 이 할망구가 노망났나. 그만두지 못해! 이혼해 봤자 땡전 한 푼 줄 수 없으니 그리 알아. 돈 없이 이혼하느니 참고 살아. 그게 이득이야!"

역시 이재에 밝은 할아버지다웠다. 연일 오르는 환율과 국민주택기금 여유자금이 절반으로 뚝 줄어들었다는 소식, 올해 경제성장률이 최악의 마이너스 성장이 될 것임을 알리는 아나운서의 목소리가 들렸다.

"할아버지는 장기적인 이득이 뭔지를 잘 모르네. 가정주부가 평생을 가사에 바치는 시간과 경제적 효율을 계산했을 때……."

해주가 천천히 입을 움직여 가며 나에게 속삭였다. 얘를 붙잡고 무슨 이야기를 할까 싶었다. 나는 해주의 얼굴을 보며 혀를 찼다.

갑자기 안방에서 큰 소리가 났다. 구성진 할머니의 곡소리가 안방 문지방을 넘어 온 집안에 울려 퍼졌다. 안 봐도 비디오다. 아마도 할아버지는 인상을 잔뜩 찌푸리고 앉아서 할머니의 목소리가 안 들리는 척 딴전을 피우고 있을 게 분명했다. 괜히 텔레비전 리모컨을 만지작거리거나, 애꿎은 양말을 벗어 뒤집어 털기를 반복하고 있을지도 모르겠다. 엿듣고 있었다는 것도 잊고 해주가 안방으로 뛰어 들어갔다. 얼결에 나도 따라 안방으로 들어갔다. 나는 내 눈을 믿을 수가 없었다. 할아버지가 귓불까지 새빨갛게 변해서는 어쩔 줄 몰라 하고 있었다.

"이런, 염병! 하루라도 빨리 이혼합시다! 지금 다 늙어 엿 멕이는 것이오? 이게 다 무슨 소용이오! 좋은 시절 다 가 버렸는데…….. 머슴도 나보다는 호강하며 살았을 것이오! 다 늙어 빠진 년한테 왜 이제야 이딴 걸 주고 지랄이오, 지랄이! 끼고 갈 곳도 없는데…….."

방바닥에는 금반지가 나뒹굴고 있었다. 할머니가 할아버지를 향해 내동댕이쳤는지 쌍가락지 하나는 할아버지의 발 아래, 하나는 텔레비전 장식장 앞에서 구르고 있었다.

"어허, 이 사람이…….."

아무래도 할아버지는 일흔두 해를 살아오면서 처음으로 충격과 정면충돌한 듯했다. 다른 때였더라면 금반지가 어디로 도망갈까 싶어서 반지를 먼저 챙겼겠지만 오늘은 아니었다. 할머니를 두고 '여편네'라고도 하지 않았다. 괜스레 마른손으로 당신의 발바닥만 쓰다듬고 있었다.

'나가자.'

나는 해주에게 눈짓을 했다. 눈치 없는 해주가 '왜?'라며 입모양을 벙싯거렸지만 나는 해주의 목덜미를 잡아챘다. 해주를 끌고 나와 방문을 닫아 버렸다. 우리가 방으로 돌아갈 때까지 안방에서는 할머니의 울음소리가 그치지 않았다. 대성통곡을 하는 할머니의 모습이 자꾸만 명치끝을 조여 왔다. 명절 때마다, 제사상을 차릴 때마다, 할머니는 송씨 집안에 시집와서 시집살이했던 이야기를 끊임없이 해 주었다. 일종의 노동요가 아닐까 착각할 정도였다. 막장 드라마 레퍼토리로 적당하다 싶은 할머니의 시집살이에도 할머니가 참고 살아온 것은 무엇 때문이었을까, 라며 궁금할 때도 있었다. 멋은 없지만 그래도 곁에 할아버지가 있어서가 아닐까, 혼자 짐작하고는 했다. 하지만 오늘 본 할머니의 눈물 속에서 나는 이제 아무것도 가늠할 수 없다고 느꼈다.

할아버지와 할머니는 어쩌다가 결혼을 했을까? 두 분이 싸우는 것을 보고 있자면, 그 옛날에는 사랑이란 감정 자체가 존재하지 않았던 것처럼 느껴진다. 두 분은 그 옛날에 부모의 중매가 아닌 연애결혼을 했다고 작은할아버지가 명절이면 큰 소리로 떠들어 대곤 했는데…….

밤이 깊어 간다. 창밖으로 뜬 달은 어제와 별로 다르지 않아 보였다.

나도 안다, 이제는 내 마음을 놓아 줘야 할 때란 것을. 그러나 사람에게는 오기란 것이 있고 자존심이란 게 있는 법이다. 정해주, 이 멍청이가 사람을 아주 바보로 만드는 데에는 선수였구나.

"박용준. 너, 어장 관리하니? 질질 끌지 말고 깔끔하게 말해. 좋아하는 사람 있다면서? 그게 내 동생, 난주가 아니면 지금 이 자리에서 아니라고 말해. 그래야 애도 바보같이 미련을 안 갖지. 안 그래? 간 보니, 너?"

센스라고는 티끌만큼도 없는 해주가 하굣길에서 만난 박용준에게 막무가내로 따져 댔다. 얘는 왜 버스 정류장까지 따라와서는 이소란의 제공자가 되었을까. 박용준이 해주와 내 뒤를 따라 버스 정류장까지 온 것을 나는 다 알고 있었다. 쇼윈도에 비치는 자신의 모습을 몰랐다고 한다면 박용준은 진짜 수준 이하다. 미행을 하려면 엄폐물을 봐 가면서 해야지 대놓고 해주 꽁무니를 쫓는 꼴이라니!

'그만 좋아하자. 넌 이제 아니다, 박용준.'

해주가 내 등을 철썩 때렸다.

"정난주, 그만 쳐다봐. 추접스러워. 쟨 너랑 나도 제대로 구분 못한다고, 그런 녀석을 뭣 하러 좋아하냐? 게다가 딴 여자애 좋다고 하는 녀석을."

해주의 말에 박용준이 예상치 못한 고백을 했다. 순식간에 일어난 일이었다.

"그 딴 여자, 너야. 정해주."

사이보그 정해주의 눈동자가 심하게 흔들렸다. 해주는 뒷걸음질 치다가 입간판에 부딪혔다. 그러더니 박용준한테 한다는 소리가, '너, 우리가 똑같은 옷 입고 똑같은 머리 스타일 하면 누가 누군지 알아볼 수 있어?'였다. 입을 다물고 있었더라면 중간은 갔을 텐데 박용준은 너무도 정직하게 해주의 질문에 대답을 해 버렸다. 그리고 내 뺨 위에 점을 가리키는 것이다.

"그 점. 해주, 네 뺨엔 점이 없지."

'바보 같은 녀석. 좋아한다고 했으면 그냥 세상에 너만 보여, 라든가 내 여자는 직감으로 알 수 있지, 라고 했어야지.'

지나친 정직함은 순수한 고백도 그 저의를 의심케 만들지어다! 박용준은 스스로 자신의 대답이 완벽했다고 생각하는 것 같았다. 내가 옆에서 듣거나 말거나 해주한테 사귀자고 고백하는 중이었다.

나는 결심했다. 점을 빼자! 그래서 누구 둘 중 한 명이라도 진정한 사랑을 찾을 수만 있다면 이깟 점 빼는 일은 일도 아니라고 생각했다. 돼지저금통을 망설임 없이 뜯었다. 하지만 점을 빼는 데에 돈은 턱없이 모자랐다. 군것질한다고 매번 돼지 똥구멍으로 돈을 꺼내 썼기 때문이다. 한참견한테 구원을, 돈을 융통하기로 했다. 꿔 달라는 돈 대신 녀석은 내 사정을 듣고 내 뺨의 점이 아깝다고 했다.

"내가 친구라서 그 자식을 잘 아는데, 박용준이 난주 너랑 해주를 구분할 줄 알면 내 손에 장을 지진다."

한참견이 팔짱을 끼고 확신에 가득 찬 얼굴로 얄궂게 굴었다. 그동안 내 첫사랑이라고 떠들어 대고 고백까지 했던 박용준인데, 박용준이 내가 아닌 해주가 좋다고 고백하는 데도 실망감이나 속상함보다는 다행이란 생각이 들었다. 나도 반했던 박용준이니까 해주의 남친이 되기에 부족함은 없을 것이다. 모두가 더럽다고, 위험하다고 피한 유기견을 끌어안고 안심시키던 박용준. 겁에 질린 개가 자신의 교복에 오줌을 싸도 '괜찮아. 이건 아무것도 아니야, 귀염둥아.'라고 속삭일 줄 아는 남자애가 박용준이다.

한참견이 이렇게 비협조적으로 나온다면 어쩔 수 없었다. 마지막 방법을 쓰는 수밖에. 나는 '러브하우스'로 향했다. '러브하우스' 주방 보일러실에 할머니의 비상금이 숨겨져 있었다. 집안의 경제권을 장악하고 있는 할아버지 몰래, 할머니는 이따금 알바를 해서 모은 돈을 보일러실에 숨겼다. 손뜨개질로 수세미를 만드는 할머니의 노고를 알기에 그동안 비상금을 모른 척했었다. 하지만 잠깐 빌리는 것이니까.

주방까지 따라 들어오려는 한참견에게 나는 화를 냈다. 돈도 안 꿔 주려는 애가 어딜 따라오냐고 한 소리했다.

"야, 정 여사. 돈은 얼마든지 꿔 줄 수 있어. 근데 난 싫단 말이야, 왜 걔들 때문에 네가 점을 빼야 하는 건데? 너, 내가 네 점 얼마나 귀여워하는지 모르지?"

푸르딩딩 점이 귀엽다는 녀석은 한참견이 이 지구상에 처음이자 마지막이길 바란다.

"한참견, 네가 귀여워한다니까 그 점, 더더욱 빼야겠다."

'러브하우스' 안으로 들어서려고 현관문을 열려는데 문이 벌컥 열렸다. 그리고 연푸른이 내 품으로 쏟아졌다.

무신론자인 내가, 누군가의 등을 보면서 진심으로 기도를 했던 적이 있던가! 쓰러진 연푸른을 둘러업고 한참견이 뛰고 있다. 땀범벅은 물론이고, 한참견의 하늘색 티셔츠는 연푸른이 흘린 피로 붉게 물들어 있었다.

'배가…… 아기가…….'

쓰러질 때만 하더라도 연푸른은 의식이 있었다. 택시를 타고 병원 응급실로 가는 동안, 연푸른은 의식을 잃었다. 병원에 가려던 모양이었는지 쓰러질 때에도 제 손에서 작은 가방을 놓지 않았다. 응급실 침대에 누운 연푸른을 보자, 나는 그만 다리가 풀려 버리고 말았다. 연푸른을 업고 뛴 사람은 한참견인데 내 다리에 힘이 들어가지 않았다. 한참견은 응급실 의사에게 연푸른의 상태를 차분히 설명했다. 숨이 턱까지 차올랐을 텐데 숨소리 하나 흐트러짐 없이 똑똑한 목소리로 말했다.

"임신…… 했어요."

내가 다가가 떨리는 목소리로 말했다. 간호사가 알았다고, 우리

더러 고생했다고 했다. 보호자에게 연락하라는 의사의 말에 나는 연푸른의 가방을 열었다. 한참견이 벌벌 떨고 있는 내 손을 꼭 잡아 주었다. 나는 괜찮다는 표시로 고개를 끄덕여 보였다. 그러자 한참견이 손을 놓아 주었다.

"하아, 진짜 나쁜 년이네?"

뜬금없는 내 욕설에 한참견이 나와 내 손에 들린 연푸른의 지갑을 번갈아 봤다. 할아버지의 이장 출마 잔치가 있던 날, 설거지를 함께하며 연푸른은 분명 나보다 언니인 척했다. 그런데 내 손에 있는 학생증은 다른 말을 하고 있었다.

"○○중학교 3학년 연푸른. 이래 놓고 내가 언니라고 부를 때 가만히 있었어?"

내 마음은 이게 아닌데 엉뚱한 번지수에 대고 화풀이라도 하지 않으면 불안감을 떨칠 수가 없을 것만 같았다. 열여섯 내 동갑 아이가 임신을 하고 혼자서 자신이 사랑한 남자를 찾겠다고 이곳까지 온 것이다. 학생증에 적혀 있는 주소는 경기도였다.

"너무해. 이게 다 뭐야?"

눈물이 터져 버리고 말았다. 아기가, 연푸른의 아기가 죽었다. 한참견은 눈물, 콧물로 범벅이 된 내 얼굴을 연신 자기 손으로 닦아 주었다. 그래도 내가 우는 것을 멈추지 않자, 가만히 내 머리를 쓰다듬어 주었다. 아기가 태어났더라면 연푸른도 이렇게 아기의 작은 머리를 가만히 쓰다듬어 주었겠지…….

병실에 누워 있는 연푸른은 너무 옅어 보였다. 그래서 증발해 버릴 것처럼 보였다. 나는 연푸른이 사라질까 봐 연푸른의 손을 잡고 있었다. 링거가 꽂힌 팔목에 푸른 멍이 들었다. 한참견이 어른들에게 연락을 하러 나간 사이, 나는 연푸른의 이야기를 들을 수 있었다. 하얗게 말라 버린 입술로 연푸른은 아주 조용히 자신의 이야기를 하기 시작했다.

"좋아했던 대학생 오빠였어. 시인이 되겠다고 했어. 오빠가 쓴 시도 가끔 읊어 줬는데 참 좋더라. 그런데 시보다는 오빠 목소리가, 시를 읽어 내려가는 오빠의 눈빛이 더 좋았어. 아기가 생겼다고 말했어. 무섭기는 했지만 오빠와 내 아기니까. 사랑의 결실이니까 당당하고 자랑스럽게 고백했어. 그런데 오빠는…… 나보다 더 겁이 났나 봐. 나는, 이해해."

아닌 척했지만 연푸른도 무서웠다고 했다, 아기의 존재를 알았을 때. 오빠에게서 연락이 끊겼을 때는 죽고 싶었다고. 하지만 그렇게 되면 자기 삶과 아무것도 모르는 아기의 삶은 뭐가 되겠냐고. 그래서 여행을 시작했다고 했다.

여행의 끝에 다시 한번 오빠를 찾아가서 당당하게 말하고 싶었다고 했다.

"오빠가 포기해도 나는 아기를 포기하지 않을 거야, 라고. 세상은 쉽지 않겠지만, 아기가 뱃속에서 커 가는 동안 계속 마음은 흔들리겠지만…… 그래도 사랑이었으니까 후회하지 않아, 나는."

연푸른은 더 이상 말하지 않았다. 계속 울었다. 나는 연푸른을 위로하지 않았다. 위로의 방법도 몰랐고 위로가 필요하지 않은 시간도 있기 마련이다. 슬픔을 슬픔으로 그냥 받아들이는 것, 그것이 어쩌면 가장 큰 위로가 될 수도 있지 않을까. 그리고 나는 연푸른의 슬픔을 완벽하게 이해하지 못할 것이다. 대신 나는 연푸른에게 슬픔의 끝도 있다는 것을 알려 주고 싶었다. 그래서 작은 목소리로 말했다.

"야, 연푸른. 이 나쁜 것아. 너, 나랑 동갑이었더라?"

09
:
변신의 조건

버스 기사 아저씨가 주파수를 몇 번 옮기더니, 노래를 따라 흥얼거렸다. 라디오에선 언제나 오래된 추억의 팝송이 흘러나온다. 창문으로 비쳐 들어오는 햇살을 타고 라디오에서 흘러나온 팝송 선율이 허공에 둥실 맴돌고 있다. 〈Can't help falling in love〉. '사랑하지 않을 수 없어요.'

"보통 버스 안에서는 트로트 아닌가?"

해주가 중얼댔다. 제 딴에는 혼잣말이라도 한 모양인데 버스 기사 아저씨가 백미러로 우리 쪽을 흘끔 보았다. 아저씨는 살짝 놀란 눈치였다. 똑같이 생긴 애 둘이서 나란히 앉아 있었으니까. 박용준은 해주 말에 동의라도 한다는 듯 고개를 끄덕였다.

연푸른이 왜 집을 나와 '러브하우스'에 머물면서 대전 일대를 돌아다녔는지 알게 되었다. 연푸른이 사랑했던 그 대학생 오빠가 학창 시절을 보낸 곳이 대전이었다. 달랑 대전에서 초, 중, 고등학교를 나왔다는 사실 하나만으로 그 남자가 살아온 곳을 보고 싶었다는 소망을 갖다니……. 철이 없는 건지, 무작정 낭만적이라고 해야 하는 건지, 나도 모르겠다. 로맨스가 소설이 아닌 현실이 되자, 나는 헷갈리기 시작했다. 굴곡이 있는 로맨스는 소설 속에서 멋진 소재가 되지만 현실에서는 암담했다.

뒤늦게 연푸른의 사연을 알게 된 할머니는 병원에 입원한 연푸른을 위해 미역국을 끓였다. 그리고 연푸른의 집에 연락을 했다. 연푸른의 아버지는 딸을 보지 않겠다고 했단다. 하지만 어디까지나 당장의 분노 때문일 것이다. 밤늦게 연푸른의 엄마가 '러브하우스'에 나타났다. 할머니를 보자마자, '연푸른 엄마예요.' 한 마디를 하고 나선 계속 울었다. 우는 모습이 연푸른과 똑같아서 놀랐다. 눈물이 그렁한 눈 속에 연푸른이 그대로 담겨 있었다. 그 때문이었을 것이다. 나는 연푸른의 남자가 궁금했다. 제대로 된 안녕도 전하지 않은 그 남자가 어떤 날들을 보내고 있는지가 말이다.

평일 낮, 공주로 향하는 버스 안은 조용했다.

초겨울, 제법 쌀쌀한 날씨에도 차창으로 흘러 들어오는 햇살이 따뜻했다. 박용준은 가늘게 코를 골고 있었다.

'어쩌다 이것들이랑 버스를 탔나.'

시외버스 정류장에서 이 두 인간을 만난 게 화근이었다. 기말고사도 끝났겠다, 혼자 조용히 다녀오려고 하던 차에 딱 걸렸다. 시험이 끝나고도 학원을 빼먹지 않던 해주가 연푸른의 남자를 보러 간다는 말에 따라붙었다.

"나도."

"너, 학원 빼먹게?"

"응."

"헐, 진짜? 넌 지구가 멸망해도 땡땡이는 없다, 주의잖아."

"인생에 예외도 있는 법이야. 그리고 난주, 너. 괜히 흥분해서 비이성적으로 행동하다 사고칠 수도 있으니까 냉철한 감시자 한 명쯤은 따라가야지."

눈꼴사나운 언니 짓까지 해 댔다. 박용준은…… 그냥 옵션이었다. 요즘 얘는 해주 뒤를 대놓고 따라다니는 중이었으니까. 보디가드 겸 따라가겠단다.

나는 코트 주머니 안에 손을 넣었다. 연푸른이 갖고 있던 시집이었다. 백석의 《나와 나타샤와 흰 당나귀》였다. 혹시나 만나게 되면 돌려주고 싶다고 했다. 그래 놓고 연푸른은 먼발치에서 그 남자를 보고도 돌려주지 못하고 매번 '러브하우스'로 돌아왔던 것이다. 아마도 미련 때문이었을 것이다. 난 진짜 사랑의 끝이 이별이라는 로맨스는 읽어 본 적 없었다. 진실한 사랑이라면 돌고 돌아서라도 어떻게든 연결되게 마련이니까. 적어도 그렇게 믿고 싶었다.

공주 한옥마을 근처 카페에서 그 남자, 강석우는 아르바이트를 하고 있었다. 눈웃음을 짓고 커피를 내리고 서빙을 하고 있었다.

간간이 여자 손님들과 대화도 나눴다. 우리 셋은 후미진 자리에 앉아 그 남자가 하는 행동을 일거수일투족 감시했다. 해주는 내가 비이성적이고 감성에 치우쳐 허튼짓을 할까 봐 따라왔다고 해 놓고는 나보다 더 감정적이었다.

"히야. 시 드럽게 잘 쓰게 생겼네. 이래서 내가 작가를 싫어해. 입만 살아 갖고서는……. 쟤가 여기서 이러고 있을 때냐?"

해주의 말에 박용준이 놀란 모양이다. 제 몫의 코코아를 시켜 놓고 한 입도 못 대고 있었다. 해주가 보채기 시작했다.

"정난주. 그거 언제 돌려줄 거야? 더 볼 것도 없어. 빨리 돌려주고 가자."

박용준은 테이블 위에 흘린 코코아를 닦으며 해주와 내 눈치만 살피고 있었다. 내가 이럴 줄 알았다. 마음의 준비란 것이 있는데 해주는 용건만 후딱 해결하고 가면 땡인 줄 안다. 나는 마지막을 정리하는 연푸른에게 그래도 조금은 마음의 위안이 되는 소식을 전하고 싶었다. 하지만 해주는 일이 이 지경 되었으면 볼 것 다 봤다고 결론을 내렸다. 나는 그렇고 그런 막장 드라마를 연출하고 싶지 않았다. 그저 연푸른의 시집을 돌려주고 갈 생각뿐이었다.

해주는 못마땅한 듯 혀를 끌끌 찼다. 나의 안일함과 연푸른의 우유부단함이 마음에 들지 않는다고 했다. 하지만 어디까지나 자신은 제삼자이므로 참겠다고 했다. 자세한 내막도 모르고 우리를 따라온 박용준은 그저 묵묵히 제 앞의 코코아만 마셨다. 카운터에 서

146

있는 강석우, 그 남자와 눈이 마주쳤다. 심장이 입 밖으로 튀어나오는 줄 알았다. 하고 싶은 말은 많았다.

'연푸른이 많이 아파요.'

'연푸른, 안 보고 싶어요?'

'왜 걔를 나 몰라라 했어요? 진짜 좋아한 거 아니었어요?'

다 부질없는 물음이 될 것이었다.

"가자, 그만."

차를 다 마시지도 못하고 나는 자리에서 일어났다. 해주는 그럴 줄 알았다는 표정이었다. 나는 코트 주머니에서 연푸른이 준 시집을 꺼냈다. 테이블 위에 가지런히 시집을 올려놓았다. 세상에 출간된 수많은 《나와 나타샤와 흰 당나귀》가 아닌, 연푸른에게 건넸던 시집이란 사실을 남자가 알아차리기를 바랐다. 카페에서 나왔다. 출입문에 달린 풍경 소리가 쓸쓸하게 울렸다.

"저기요, 이것 놓고 갔어요."

강석우가 시집을 들고 따라 나왔다. 아무래도 돌 석 자에, 어리석을 우 자를 쓰는 이름이 틀림없다. 내 얼굴 앞에 백석 시집을 들이미는 강석우의 얼굴을 빤히 쳐다보았다. 그가 싱긋 미소 지었다.

'아, 빙신 같은 놈. 니 거다, 니 거!'

나는 목이 터져라 외치고 싶은 심정이었다. 이제 더 이상 참을 수가 없었다. 연푸른과의 약속을 어기는 한이 있어도 이건 아니었다. 그러나 나보다 해주가 한 발 더 빨랐다.

"그 책, 연푸른이 돌려주라고 했거든요. 갖고 가요."

해주의 입에서 연푸른의 이름이 흘러나오자, 남자가 흠칫했다. 조용히 물러날 것이라는 나의 예상을 뒤집고 그가 싸늘한 목소리로 말했다.

"이미 내 손을 떠난 물건, 돌려받고 싶지 않네."

사람의 취향이란 것은 참으로 알 수 없었다. 연푸른은 도대체 이 남자의 무얼 보고 사랑이라 느꼈을까? 설마 싸가지를 예술가의 예민함쯤으로 이해했던 것일까? 더 이상은 참을 수 없었다.

"연푸른…… 아기를 잃었어요. 많이 아파요. 오빠를 이해한대요. 하지만 이 시집 보면 자꾸 오빠 생각날 거라고 돌려주고 싶댔어요."

떨지 않으려고 했지만 자꾸만 목소리가 부들부들 떨렸다. 차라리 목이 콱 잠겨서 아무 소리도 안 나왔으면 좋으련만.

"헛. 차라리 버리지 이깟 시집 뭘 하러 돌려줘, 구질구질하게."

구질구질, 이란 표현 앞에서 나는 할 말을 잃었다. 머리가 어지러웠다. 해주가 아동청소년 성 보호법 위반을 운운하는 순간, 박용준의 주먹이 허공을 갈랐다.

픽! 픽! 픽!

강석우가 쓰러졌다. 입가에 피가 묻어났다. 박용준이 해주의 손에서 시집을 빼앗아 녀석의 머리에 내던졌다.

"가져가, 새끼야. 깽값 받고 싶으면 대전 ○○중학교 3학년 박용준 찾아."

분명 우리보다 대여섯 살은 더 많을 텐데 박용준은 너무나 자연스럽게 반말을 해 댔다. 고작 자신이 중학교 3학년짜리한테 두들겨 맞았다는 충격 때문인지 강석우는 자리에서 일어나지 못했다.

"가자."

박용준의 한 마디에 해주와 나는 두 말 않고 뒤를 따랐다. 나는 강석우를 돌아보지 않았다. 세상의 모든 이별이 아름답기를 바라지만 그건 어디까지나 나의 희망사항일 뿐이라는 것을 배운 날이었다.

공주에서 다시 대전으로 돌아오는 버스 안에서 나는 혼자 떨어져 앉았다. 해주는 군말 않고 박용준과 나란히 앉았다. 해주는 군소리 없이 박용준이 시키는 대로 고분고분 움직였다.

버스 맨 뒷자리에 앉아 나는 백석의 시를 떠올렸다. 전문을 다 외울 수 있으면 좋으련만 처음 한 구절밖에 생각나지 않았다. 허탈한 마음을 애써 꾹꾹 눌러 담았다.

'가난한 내가 아름다운 나타샤를 사랑해서 오늘 밤은 푹푹 눈이 나린다.'

어둠이 내리기 시작한 창밖으로 올해의 첫눈이 흩날리고 있었다. 진눈깨비였다.

의사는 사십 대 초반으로 여드름 자국투성이의 얼굴을 한 남자였다. 과연, 저렇게 여드름 자국이 심한 피부과 의사에게 내 점을 맡겨도 될까. 사실 마음이 내키지 않았으나 학생 할인을 해 준다는 소리에 나는 시술대에 누웠다.

점을 빼기로 마음먹은 계기는 단순했다. 공주에서 나는 해주보다 못한 인간이었다. 강석우에게 쌍욕이라도 퍼붓고 왔어야 했는데 해주처럼 따지지도 못했다. 그날 집으로 돌아와서 쉽사리 잠들지 못했다. 매번 서로 등을 돌리고 잤는데 그날 밤만은 이상하게 서로 얼굴을 마주하고 누웠다. 서로의 얼굴을 보며 '수고했어.'라고 말했다.

"연푸른…… 다 잊을 순 없겠지만 괜찮을 거야. 우린 아직 젊잖아. 기회도, 희망도 그만큼 많다는 거야."

해주는 언니다웠다. 나를 바라보는 눈빛이 다정했다. 뭐든 계산기를 튕기던 때의 눈빛과 달랐다. 내가 꿈쩍도 않고 해주의 얼굴만 뚫어져라 바라보자, 해주가 내 뺨에 자리한 점을 검지로 꾹 눌렀다.

"잘 자라, 떙뚱."

나는 심란했던 하루를 겪었음에도 잠들 수 있었다.

의사는 레이저로 내 뺨의 점을 태웠다. 점이 타는 냄새가 코끝을 찔렀다. 흡사 내가 돼지가 된 기분이었다. 살이 타는 냄새가 돼지고기 태우는 냄새랑 비슷한 탓이었을까. 마취 연고를 발랐지만 따끔한 통증은 완전히 사라지지 않았다. 점을 태울 때마다 내 손바닥에 땀이 났다. 몸도 오그라드는 것만 같았다. 감은 두 눈 사이로 노란 별과 흰 별이 교차로 스쳐 지나갔다.

점을 빼고 밖으로 나왔을 때 나는 한참견이 이세나와 포장마차에서 떡볶이를 먹고 있는 모습을 목격하고 말았다.

"너의 안일함이 저런 결과를 낳았구나, 정난주."

이세나가 한참견의 입에 어묵 꼬치를 물려 주고 있었다. 넋을 놓고 그들의 모습을 보고 있는데 해주가 눈치 없이 한참견의 이름을 크게 불렀다. 내가 미처 해주의 입을 틀어막기도 전에 한참견 일행에게 들키고 말았다. 결국 나는 점을 뺀 자리에 반창고를 붙인 채, 한참견 무리와 떡볶이를 먹게 되었다. 고작해야 포장마차 떡볶이를 먹는 자리인데 이렇게 불편하다니! 떡이 목으로 넘어가는지, 코로 넘어가는지 정신을 차릴 수가 없었다. 어묵 국물을 먹으려고 종이컵에 손을 뻗는데 한참견이 얼른 종이컵을 빼앗아 들었다. 그 바람에 한참견의 손끝이 닿았다. 하지만 한참견은 어묵 국물을 국자로 뜨지 못했다.

"내가 떠 줄게."

이세나의 동작은 재빨랐다. 누가 봐도 분위기가 묘했다. 이세나는 새침한 표정으로 내게 어묵 국물을 건넸다.

"아, 눈치 더럽게 없네."

해주의 문제점은 혼잣말을 누구나 다 알아들을 수 있게 한다는 데에 있다. 나는 괜히 헛기침을 했다. 이세나가 해주를 얄궂게 쳐다보았지만 해주는 입만 삐쭉거렸을 뿐이다. 우리 모두 앞만 보고 각자 입안에 넣은 음식물을 씹는 데에만 집중했다. 해주가 내 옆구리를 쿡 찌르더니 얼굴을 내 쪽으로 돌린 채 입모양으로 '한참견은 니 껌딱지야.'라고 말했다. 나는 한참견의 눈치를 보며 조용히 해주에게 주먹을 들어 보였다.

"야, 정난주 이 답답아! 너, 계속 이러다가 꽝이다!"

"그 입 안 닫아?"

나는 팔꿈치로 해주의 옆구리를 강타했다. 그러나 빗맞은 모양인지 해주가 아랫배를 움켜잡고 비명을 질렀다. 한참견이 걱정스러운 목소리로 물었다.

"정해주. 왜 그래?"

해주가 어묵 국물이 든 종이컵을 몽땅 쏟고 말았다. 옷에 어묵 국물 자국이 검게 번져 갔다. 장난을 치는 성격도 아닌데 얘가 오늘따라 왜 이런지 모르겠다. 해주는 배를 움켜잡고 풀썩 주저 앉아 버렸다.

"으아아악! 구급차 불러 줘!"

해주의 숨이 거칠어질 대로 거칠어졌다.

"너, 쇼하면 죽는다!"

협박을 했지만 해주는 바닥에 누워서 식은땀을 흘리고 있었다. 끙끙대는 신음 소리가 심상치 않았다.

인생은 늘 예기치 못한 곳에서 사람을 골탕 먹인다. 맹장이었다.

다행히 복막염으로 번지는 것은 막을 수 있었다.

수술을 마치고 이동식 침대에 누워 병실로 실려 온 해주는 어린 시절 서로 되겠다고 싸웠던 백설 공주처럼 창백해 보였다. 저렇게 핏기 없이 연약해 보일 수만 있다면 그깟 맹장 수술쯤은 얼마든지 대환영이다.

"계집애들이 어찌나 극성맞은지, 배 터트리기를 대수로 알아요. 아주 번갈아 가며 사고치지."

할머니는 잔소리를 해 댔다. 그러더니 병실 밖으로 나가는 할아버지의 뒤통수에 대고 엄마는 언제 오냐고 물었다. 어찌 되었건 해주의 복부를 가격했다는 이유만으로 나는 해주가 마취에서 깨어날 때까지 죄인처럼 고개를 숙이고 있어야만 했다. 생각해 보면 내가 고개를 숙여야 할 이유는 그 어디에도 없었다. 내가 아니었다면, 그러니까 내 팔꿈치가 해주의 복부를 향해 내지르지 않았다면 해주의 맹장은 상황이 더욱 악화된 후나, 맹장 수술을 바로 하기 힘든 상황에 처했거나 해서 더 큰 위험과 맞닥뜨려야 했을지도 모를 일이었다. 하지만 가족들은 그런 경우의 수는 간과하고 오직 내가 고작 3분 먼저 태어난 언니에게 무식하게 주먹질을 했다는 사실에만 혈안이 되어 열을 올리고 있었다.

"어디서 배워 먹은 버릇이냐? 언니한테 항상 이런 식이었냐?"

할머니는 나에게 나중에 사회생활은 어찌할 것이고, 시집은 어찌 갈 거냐며 야단이었다. 솔직히 모든 사건의 원인 제공자는 해주였다. 맞아도 싸단 소리다. 요즘 한참견에 대한 내 마음을 나도 모르겠다고 쓴 일기가 화근이 될 줄이야……. 그 일기를 보고 한참견과 나를 한데 묶지 못해서 야단이었다. 정해주는 왜 남의 노트북에 함부로 손을 대는지. 비밀번호까지 걸어 놓았는데 너무나 간단히 해제시켰다.

"겁도 없이 어디 언니를 때려? 무식하게. 그러고도 네가 여학생이라고 할 수 있어?"

다들 해주, 해주, 정해주뿐이었다. 이 사건에는 맹장이 터진 피해자 정해주와 맹장을 터뜨린 가해자 정난주만 존재할 따름이었다. 그나마 마음의 위안이 될 사람이 한 명 있었다면 나의 할아버지였다. 할아버지만이 유일하게 나의 주먹질에 대해 질타하지 않았다.

"난주야. 맹장 수술은 보험 처리된다냐?"

"으으……."

공포 영화에나 나올 법한 괴기스러운 신음 소리를 슬쩍 흘리더니 해주가 마취에서 깨어났다. 다들 해주가 무슨 올림픽 신기록을 수립이라도 한 양, 호들갑을 떨어 대며 해주 곁에 진드기처럼 들러붙었다. 애써 아무렇지 않은 척, 쿨한 척해 보려고 했지만 나 역시 해주가 걱정되는 건 마찬가지였다. 그래도 피를 나눈 형제에 대한 예의였는지 나도 해주 곁으로 은근슬쩍 다가섰다.

입이 바짝 탄 해주가 입술에 침을 바르려고 혀를 조금씩 움직였다. 해주의 입술을 보고 있자니, 가 본 적도 없는 사하라 사막 한복

판에 선 기분이 들었다. 대략 난감하고, 대략 당혹스러운 대략 찜찜한 기분이 나를 움찔거리게 만들었다.

"언니, 너⋯⋯ 괜찮아?"

메마른 해주의 입술이 아주 천천히 움직인다.

"Back from the hell."

"지긋지긋한 영어 안 할 순 없냐? 꼭 그렇게 잘난 척해야겠어?"

마른 입술을 축이려는지 해주가 혀를 날름거렸다.

"죽었다 깨어났다고. 난주, 너는 꼭 그렇게 매번 못 알아들어야 겠냐?"

"정해주, 나한테 꼬박꼬박 말대답하는 것 보니까 이제 살아났네."

"언니한테 말버릇 하고는. 할머니한테 일러 주고 싶지만 너무 아파서 참겠어."

말투는 평소와 똑같았지만 침대에 누운 해주는 유난히 기운이 없어 보였다. 단순히 수술했기 때문이라고 단정 짓기 힘들었다. 뭐랄까. 풀이 잔뜩 죽은 모습이었다.

"난주야. 엄마⋯⋯ 왔어?"

해주는 엄마를 생각하고 있었던 거다. 엄마의 그 남자를 알게 된 후, 엄마와의 사이가 예전 같지 않은 해주였다. 집에서 나온 이유도 그것 때문이었으니까. 이 아이의 못된 성격으로 봐서는 집을 나올 때 분명 엄마한테 싸가지 없는 소리를 해 댔을 것이다.

"아니, 아직."

"안 올 거야. 내가 그 남자한테 못되게 굴었으니까."

"설마. 엄마의 일등 딸래미가 병원에 입원했는데 안 오려고. 올 거야."

해주가 피식 웃고 만다. 그 웃음이 어찌 된 영문인지 간신히 웃는 것만 같아서 마음이 쓰렸다.

"웃지 마."

"왜?"

"꿰맨 배 찢어져."

나는 괜히 해주에게 툴툴거렸다. 위로라는 것은 참으로 어렵다.

"할아버지랑 할머니는?"

"저녁 먹으러."

"난주, 넌 안 먹어?"

"너 때문에 못 먹잖아."

내 말에 해주가 피식 웃었다.

"지금 언니라고 내 걱정해 주는 거야?"

수술한 자리가 당기는지 미간이 일그러졌다. 귀찮게시리 부축을 해 달라고 한다. 베개에 등을 기댄 채 해주는 가만히 창밖을 바라보았다.

"너도 가서 저녁 먹고 와. 혼자 있을 수 있어."

아파서 끙끙대면서 또 언니인 척한다.

"난 지은 죄가 있어서 좀 더 네 옆에 붙어 있으려고."

"정난주, 네가 지은 죄가 뭔데?"

"네 배를 후려쳤잖나. 할머니한테 맞아 죽지 않은 걸 다행으로 여겨야 할까 봐."

내 말에 해주가 '으에에에' 요상한 소리를 내며 옆으로 서서히 쓰러졌다. 웃는 모양이 우스꽝스러웠다. 자기 딴에는 통증 때문에 웃음을 참아 보려는 모양이었다.

"웃지 말라니까. 웃어서 꿰맨 자국 터지면 나, 정말 할머니한테 맞아 죽을지도 몰라."

창밖에 번지는 노을빛이 병실 안으로 스며들어 해주의 얼굴 위에 내려앉았다. 나를 보며 웃는 해주의 얼굴이 오늘따라 달리 보였다. 해주가 내 손을 슬며시 잡더니 믿기 어려운 말을 했다.

"정난주, 네가 있어서 다행이야."

나한테 얻어맞고도 이런 소리를 하다니 아무래도 머리에 이상이 온 것 같았다. 그런데 왜 자꾸 나도 해주의 말에 고개를 끄덕이게 되는 것일까.

엄마가 그 남자와 함께 집으로 왔다. 하지만 그 남자는 집으로 들어오지 않았다. 대문 앞까지 엄마를 데려다주고는 차를 몰아 어딘가로 갔다. 차에서 내리는 엄마를 봤다. 운 나쁘게도 해주까지 그 광경을 다 보고 말았다. 아직 수술한 자리가 채 아물지 않았을

거렸다. 헬쑥한 얼굴을 해서는 독서실로 가 버렸다. 중학교 졸업식을 앞두고 독서실이라니! 그날은 이번 겨울 중 기온이 가장 높은 날이었다.

텔레비전에서는 연일 이상기온 운운하며 지구 온난화에 대한 다큐 프로그램을 틀어 댔다. 엄마는 좋아하지도 않는 뱅어포를 유난히 자주 집어 먹었다.

"아버지, 엄마. 드릴 말씀이 있어요."

엄마의 젓가락질이, 목소리가 이토록 진지한데도 식구들은 자기 앞에 놓인 밥그릇을 비우는 일에만 신경 쓸 뿐 엄마의 부름에 별다른 반응을 보이지 않았다. 할머니는 나한테 해주가 저녁을 먹고 오는 거냐고 물었다. 나는 해주에게 카톡을 보냈다.

"저, 재혼할 사람…… 생겼어요."

엄마의 재혼 소식에 나는 그토록 좋아하는 계란말이를 바닥에 떨어뜨렸고, 할아버지는 채 씹지도 못한 불고기 한 점을 꿀떡 삼켜 버리고 말았다. 그리고 할머니는 수저를 밥상 위에 요란스러운 소리와 함께 떨어뜨리더니, 어깨춤을 추듯 양쪽 어깨를 들썩여 가며 흐느끼기 시작했다. 할머니의 작은 탄성은 흐느낌으로 변하더니 대성통곡으로 바뀌었다. 엄청난 소화력을 자랑하는 할아버지는 평소대로라면 할머니의 통곡 소리에 한 번쯤 이렇게 말해야만 했다.

'밥상머리에서 부정 타게 무슨 짓거리야!'

하지만 할아버지는 그러지 않았다. 오히려 묵묵히 밥을 씹었다.

할머니는 엄마를 붙잡고 '그래, 그래. 너도 정 서방 잊고 새 출발 해야지. 좋은 날이 왔구나.' 하며 웃었다. 나는 마음이 이상했다. 갈 피를 잡을 수가 없다는 표현이 맞을 것이다. 아빠가 아닌 다른 남 자를 보는 엄마가 싫기도 했고 기억에서 희미해져 가는 아빠에게 미안하기도 했다. 하지만 엄마가 계속 혼자 늙어 가는 것이 속상하 기도 했다. 무엇이 정답인지 알 수 없는 질문을 받아든 것처럼 모 든 것이 혼란스러웠다. 할머니와 엄마는 내 눈치를 힐끔 봤다. 나 는 밥을 후딱 먹었다. 그러고는 자리를 피했다.

"내일 오전에 회의가 있어서 간다. 졸업식 때 꼭 올게. 난주야, 해주 잘 부탁해."

엄마는 그렇게 가 버렸다. 대문 앞에는 그 남자의 차가 와 있었 다. 할머니는 엄마를 따라 대문 밖으로 나갔다. 나는 대문 밖으로 나가지 않았다. 그 남자에 대해 아무것도 모르고 삼겹살을 먹었을 때가 나았다. 따라 나가서 인사를 하면 어쩐지 해주에게 몹쓸 짓을 하는 것 같아서 마당에 남았다. 엄마를 배웅하고 돌아온 할머니는 평상에 앉았다. 해주는 아침 일찍 독서실로 가서는 밤이 이슥해지 도록 오지 않았다.

"할머니, 해주한테 언제 오냐고 전화해 볼까?"

뒷마당에 희고 작은 야생화가 피었다. 그 꽃을 보고 할머니가 퉁 명스레 내뱉었다.

"세상이 미쳐 가는지, 꽃도 주책 맞게 피고 지랄이구나."

심히 감정이 섞인 목소리였다. 할머니는 가슴팍을 두어 번 두드리더니 팔자를 운운하며 까스활명수를 찾았다. 덕분에 나는 할머니의 막힌 가슴을 뚫기 위해 약국으로 달려가야만 했다.

"엄마에게 남친이 생겨도 변한 건 하나도 없네. 할머니 까스활명수 심부름은 여전히 내 차지니 말이야."

마을 어귀 약국에서 흘러나오는 불빛을 바라보며 나는 천천히 걸었다. 버스 정류장 앞에 쪼그리고 앉아 있는 해주가 보였다. 쟤는 결정적인 순간에 반전이란 것을 모르나 보다. 로맨스 소설의 여주인공은 아무리 최악의 상황이라도 절대 희망을 버리지 않는다. 왜냐하면 모든 로맨스 소설의 결말은 반드시 해피엔딩이니까.

한참견이 온전히 나에게 관심이 있다는 것을, 이세나에게 눈곱만치의 관심도 없다는 것을 확인할 만한 근거를 찾기 위해 나는 그다음 날부터 한참견 근처를 배회했다. 한참견 주위에 문지방이 있었다면, 그 문지방은 닳아 없어졌을 것이다. 하지만 한참견은 내게 늘 그렇듯이 별다른 행동을 하지 않았다. 아무렇지 않게 말을 걸면, 대답을 하고 씩씩하게 내가 묻는 말에 대답만 잘 해 주었다. 한참견의 이런 행동은 그냥 단순한 친절이 전부인 걸까? 내 마음이 예전과 같지 않다는 것을 나는 인정하기로 했다.

나는 한참견이 세나를 대하는 태도를 엿보기 시작했다. 뭔가 다른 차별성이 엿보인다면 그것이야말로 해주가 말한 대로 한참견이 세나를 좋아하는 결정적인 증거가 될 것이다. 하지만 특별한 행동을 둘 사이에서 발견하지 못했다. 그리고 임신 오해 사건이 있던 날, 한참견은 나에게 분명히 말했다, 나를 지켜 준다고. 지켜 준다는 말 속에 좋아한다는 뜻은 포함되지 않은 것일까.

그렇다고 한참견의 마음이 이세나에게 없다는 것을 확신할 수도 없는 노릇이었다. 한번은 세나가 부르는 소리에 한참견이 침 사레에 걸려 컥컥 대는 것이 다였고, 두 번째는 왜 산부인과 의사가 될 거냐는 세나의 질문에 한참견이 얼굴이 벌게져서 '으……… 으응'이라고 말을 더듬었다.

'아니, 이세나 자기가 뭔데 한참견이 뭐가 되던 참견이야.'

세나가 미래의 한참견이랑 어떻게 될 것도 아닌데 무슨 상관이랴. 한참견이 산부인과 의사가 되건, 뭐가 되건 신경을 써야 할 사람은 바로 나, 정난주란 말이다.

속이 좋지 않아서 점심 급식을 건너뛰고 빈둥대다가 학교 뒤편 언덕 벤치로 가서 누웠다. 요즘 계속 속이 쓰리고 거북했다.

벤치 주변은 한낮에도 으슥했다. 커다란 나무들이 나를 둘러쌌다. 아이들은 그곳을 하늘 정원이라고 불렀다. 나무 사이사이로, 손바닥만 한 하늘이 보였다. 그렇게 작게 보이는 하늘은 교실 창 가득 보이는 하늘보다 왠지 모르게 더 낭만적이고 그럴싸해 보였다. 구석 자리 벤치에 누워 멀거니 허공을 보고 있는데 발소리가 들렸다. 누가 왔나 싶어 몸을 일으켜 볼까 했지만 귀찮은 마음에 가만히 누워 하늘을 보았다. 바람도 솔솔 불고 푸른 하늘이 아득하게 보이자 졸음이 슬슬 몰려왔다.

"무슨 일인데?"

한참견이었다. 벤치 아래에 드러난 신발을 보니 한참견이 맞았다. 작년 생일날, 내가 선물한 스니커즈다. 장난 삼아 왼쪽 발뒤축에 매직으로 'ㅂ ㅂ'라고 써 주었다. 바보라는 뜻이었다.

"고백하고 싶은 말이 있어서 불렀어."

농구장에서 고래고래 소리를 지르며 농구 하는 녀석들 때문에 누구의 목소리인지 분명치가 않았다.

"이세나, 나한테 뭐 부탁할 일이라도 있어?"

이세나! 이세나란 소리에 나는 벤치에서 튀어 오르듯 몸이 저절로 일으켜지는 것을 억누르며 둘의 대화를 엿들었다. 여자의 직감인데 뭔가 엄청난 것이 터질 분위기였다. 게다가 세나의 야릇하고 간질간질한 목소리는 위험했다. 저 여우 같은 계집애가 꼬리 아홉 개를 갖고 한참견을 간질이고 있는 게 분명했다.

"나, 너 좋아해. 나랑 사귀자."

오호라, 신이시여! 드디어 나를 시험에 들게 하시나이까. 지금 저들이 하는 소리는 다 뻥이지요? 하지만 무심한 신은 무신론자인 나에게 관대하지 않았다. 그동안 변해 버린 내 마음을 외면한 탓에 한참견이 나를 버리고 이세나에게 가 버리는 것인가.

"세나야, 고마워. 그런데 나는 말이지……."

한참견의 뒷말을 들을 수가 없었다. 너무나 충격적인 말이라서 내 귀가 청력을 잃은 것은 아니고, 때마침 하늘 위로 비행기가 날아간 탓에 한참견의 말을 듣지 못했다. 나는 두 눈을 질끈 감아 버렸다. 나무 사이로 보이는 손바닥만 한 하늘이 그렇게 비좁고 답답하고 잔인해 보일 수가 없었다. 숨이 턱턱 막혔다. 아스라이 세나의 웃는 소리가 들리는 듯했다. 대체 이세나는 뭘 먹고 저렇게 용기 있는 여자애가 된 것일까?

나의 심장은 뇌보다 고집이 세고 통제 불능이었다. 결국 감성은 이성보다 더 센 것이 분명했다. 속으로는 자존심을 챙기라고 백번을 외쳐 대고 있었지만, 나의 두 눈동자가 교실에서건, 운동장에서건 주책없이 한참견의 모습에 꽂히는 것을 막을 수가 없었다.

그날 밤, 나는 바닥에 누워 《제인 에어》를 눈물 이 그렁한 눈으로 읽었다. 울적한 기분 탓에 해주와 침대를 두고 싸울 힘도 없어서 군소리 없이 해주에게 침대를 양보했다. 뭐가 그리 피곤한지 해주는 가늘게 코를 골며 자고 있었다. 해주의 코 고는 소리를 들으며 나는 《제인 에어》의 마지막 장을 넘겼다.

'우리의 심장은 하나고, 우리의 행복은 완전하다.'

제인 에어를 믿은 내가 바보였다. 현실에서 사람들의 심장은 제각각 하나고, 너와 나의 행복은 불완전했다. 아무리 사랑한다고 해도 완전한 행복은 존재하지 않았다. 그 사실을 너무 늦게 알아 버렸다. 가슴이 쓰리고 저렸다. 발이라도 저리면 코에 침이라도 바를 텐데, 저런 심장에는 침을 바를 수 없다는 사실이 서글펐다.

책장을 덮자, 책장 사이에 꽂아 두었던 손으로 만든 책갈피가 떨어졌다. 분홍빛 책갈피에 적힌 시 구절을 눈으로 따라 읽자니 눈물이 나오려고 했다.

"꽃은 한 계절, 가을이면 시들고, 사랑도 한 시절, 돌아서면 추억이네."

어쩜 이렇게 낭만적이고 가슴 서늘한 문구가 이 각박한 세상에 존재하는 것일까. 세월이 약이라고, 인간에겐 내일이 있다. 난 기운 빠져 있지만은 않을 것이다. 힘을 내야지. 그래서 할아버지 말대로 이제껏 먹은 밥값이 아깝지 않게 살아갈 테다.

10

:

베르테르의 키스

근사한 로맨스이건, 구질구질한 연애이건 간에 남자와 여자 사이의 일에는 왜 항상 뻔한 스토리가 전개되는 것일까? 내가 즐겨 읽는 로맨스 소설 속에서 사랑하는 연인들은 언제나 항상 서로 오해하고 한두 번의 고비를 맞게 된다. 현실에서 부부들은 로맨스 소설 속의 주인공들처럼 절절한 사랑을 하지도 않으면서, 부인들은 남편이 바람을 피우면 남편을 가만 놔두지 않는다. 그리고 남편들은 다른 여자와 바람을 피우는 것을 부인에게 직접 들키기보다는 부인의 측근에게 걸려 사달을 내고 만다. 재미있는 사실은 부인의 측근은 언제나 입이 가볍다는 것이다.

　우리 할아버지의 경우, 할아버지가 최 마담을 오토바이 뒤에 태우고 가는 것을 발견한 사람은 할머니의 측근인 홍춘심 여사였다. 홍춘심 여사는 우리 할머니 오말년 여사의 절친이자, 풍으로 쓰러져 누운 전직 이장 칠구 할아버지의 부인이요, 나의 맞수 이세나의 할머니였다.

"그 할머니 입에 모터가 달린 줄 알았어."

홍춘심 할머니의 입담을 본 해주가 내게 건넨 한 줄 평이었다.

우리 집 대문을 박차고 마당으로 뛰어 들어와, 한달음에 마루로 올라선 홍춘심 할머니는 안방에서 나오는 우리 할머니를 앉혀 놓고 오토바이 뒤꽁무니에 최 마담을 태우고 트로트 가락 한 소절을 부르며 이차선 도로를 달리는 우리 할아버지의 모습을 스포츠 중계하듯 풀어 놓았다. 문제는 최 마담을 태우고 순수한 드라이브를 즐긴 것이 아니라는 데에 있었다. 부동산 업자까지 꼈으니 아무래도 최 마담한테 걸려서 건물이라도 보러 다니는 것이 아니겠느냐고 홍춘심 할머니가 소설을 써 댄 모양이었다. 홍춘심 할머니의 그 뛰어난 고자질 입담 덕분에 할아버지는 그날 밤, 마루에서 주무셔야만 했다. 추위에 떨 할아버지 생각에 담요 한 장을 가져다주려는 내게 할머니는 매섭게 쏘아붙였다.

"해주, 난주! 할아버지한테 이불 갖다 주는 일 있으면 너희도 쫓겨날 줄 알아. 알아들어?"

"네에."

이 겨울에 노인네가 감기에 걸리는 것이 얼마나 위험한지 아느냐며 할아버지가 앓는 소리를 했다. 폐렴에 걸릴 경우를 무리하게 예로 들어가며 할아버지는 하지도 않던 잔기침을 계속 해 댔다. 마루에 가부좌를 틀고 앉아 보란 듯이 큰소리를 치는 할아버지를 보며 나는 적잖이 걱정이 되었다. 해주도 할아버지의 연기에 깜빡 속아 넘어간 듯했다.

"난주야, 할아버지 저러다가 쓰러지시는 거 아닐까?"

"절대 쓰러지시지는 않을 거야."

"왜?"

"할아버지 사전에 쓰러진다는 건 존재하지 않거든. 지는 건 할아버지 인생에서 절대 있을 수 없지."

모두 깊이 잠든 밤, 화장실에 가려던 나는 마루 한복판에 누워 잠든 할아버지를 보고 웃지 않을 수 없었다. 식구들이 잠들기 전, 할아버지는 마루에서 호통을 쳤다.

"내가 더러워서 아무것도 안 덮는다! 빤쓰 한 장 안 걸치고 잘 테니 그리 알아라!"

그랬던 할아버지가 빨래 건조대에 널려 있던 마른 수건들을 고스란히 모아 몸 위에 가지런히 줄을 세워 덮고 자는 것이 아닌가!

나는 할아버지의 허세를 십여 년간 보고 자란 손녀였다.

"할아버지, 일어나세요. 찬 데서 주무시면 입 돌아가요. 제 방으로 가세요."

"끄응, 아니다. 난 빤쓰 한 장 안 걸치고 잔다니까 그러네."

잠결이라고 믿기 어려울 정도로 명확한 발음으로 할아버지가 당신의 뜻을 알렸다. 내가 미처 방으로 모시기도 전에 할아버지의 발걸음은 우리 방을 향해 움직이고 있었다. 우리 방으로 들어가기 전, 할아버지가 나를 돌아보며 말했다.

"마음 단단히 먹고 어른이 되도록 해. 이런 냉골 바닥에서 잘 만큼의 배짱이 없다면 제대로 된 어른 따윈 될 수가 없다. 알겠냐, 난 주야?"

추위 앞에는 자존심도, 강호동도 없는 법이라고 나는 생각했다. 빤스 한 장 안 걸치고 자겠다던 할아버지는 해주의 담요까지 빼앗아 덮고 코를 골았다.

나는 서랍 안 깊숙이 간직해 놓은 편지를 꺼냈다. 한참견에게 쓰다 만 나의 고백 편지, 어느 순간부터 내가 나의 마음을 알 수 없는 그 시간들을 나열한 편지였다. 부치지 못한 분홍빛 봉투를 손에 쥐고 나는 마음을 굳게 다잡았다.

왜 남자들은 밑에서 올려다보면 훨씬, 한참 위에서 숨 쉬고 있는 걸까? 그리고 왜 이유 없이 커 보이는 걸까? 세상의 어려움이나 힘겨움 따위는 가뿐하게 발로 차 버릴 것처럼 튼튼해 보이는 걸까?

멀리 찾아볼 것도 없이 한참견이 그렇다. 내가 박용준한테 차이고 주저앉았을 때나 할머니한테 야단맞고 툴툴거릴 때, 괜스레 기운이 없거나 외롭다고 느낄 때면 한참견은 늘 내 곁에 서서 내 머리를 한두 번씩 쓰다듬어 주었다. 그리고 늘 손을 뻗어 나를 일으켜 세웠다.

'이젠 내가 한참견에게 손을 내밀 차례야.'

용기가 생기지 않아 부치지 못했던 편지를 새벽에 우체통에 넣었다. 그리고 1교시가 채 끝나기도 전에 후회하고 말았다. 1교시 수업 중에 우리 학교 소식통 영지가 내게 쪽지를 보내 왔다. 한참견과 이세나가 사귄다는 내용이었다. 나는 성급하게 편지를 우체통 안에 넣은 나 자신을 원망했다. 아무것도 생각할 수 없었다. 오로지 한참견에게 보낸 나의 고백 편지를 찾아야 한다는 생각뿐이었다. 사랑을 하기에 내 나이 열여섯은 자존심이 먼저인 나이였다. 한참견이 편지를 본다면 나는 그 애의 얼굴을 더 이상 못 본다. 친구 사이로도 지내지 못할 테니까.

1교시를 마치는 종소리가 울리자마자, 나는 교실을 뛰쳐나왔다.

'이대로 개망신은 안 돼! 한열한테 이 꼴을 보일 순 없어!'

내 기분과는 아무런 상관없이 오전의 거리는 활기찼다. 빵집 앞에서 시식 행사를 하고 있었다. 갓 구운 옥수수빵 냄새가 코를 찔렀다. 여성복 전문점에서는 신상품을 들여놨는지, 마네킹 옷을 갈아입히고 있었다. 카센터에서는 기름투성이의 젊은 남자가 바닥에 드러누워 차를 정비하고 있었다. 모두가 걱정 없이 자신의 일에 열중하고 있었다. 편지를 넣었던 우체통 앞에 다다라서야 나는 숨을 고를 수 있었다. 정신없이 뛰었던 탓에 토할 것만 같았다. 우체통을 붙잡고 웩웩거리자 길을 가던 사람들이 나를 흘깃거렸다. 나는 우체통 앞 편의점으로 가서 물 한 병을 샀다.

"저기요, 요 앞 우체통 말인데요. 오늘 우체부 아저씨 안 오셨죠?"

편의점 직원이 거스름돈을 건네주며 고개를 끄덕였다.

"앗싸, 다행이다."

우체통 근처에 서서 물을 마셨다. 시원한 물이 목구멍으로 넘어가는데도 갈증이 가시지 않았다. 휴대 전화 진동이 울렸다.

'돌았니? 어디야? 일단은 너, 만성 위염 때문에 아파서 집에 갔다고 했다.'

해주었다. 원수 같은 것이 그래도 자매라고 날 위해 알리바이도 만들어 주고 제법이다.

길모퉁이에 허리가 굽은 할아버지 한 분이 작은 낚시 의자에 쪼그려 앉아 달고나를 만들어 팔았다. 계속 서서 언제 올지도 모르는 우체부를 기다리는 것은 무리다. 달고나 할아버지 옆에는 손님을 위한 낚시 의자가 하나 더 있었다. 저기라면 우체통도 훤히 다 보이니까 문제가 없다.

"무슨 모양으로 할 건가?"

"하트로 주세요."

달콤한 냄새를 못 이기고 나는 달고나 하나를 사서 입에 물었다. 달달한 달고나라면 환장하는 나인데, 어찌 된 영문인지 달고나가 너무나 썼다. 그 쓴맛에 눈물이 나려고만 했다. 나는 반이 넘게 남은 하트 모양의 달고나를 부셔 버렸다.

"모양 그대로 만들면 하나가 공짠데……. 내가 하나 더 해 줄 테니까 다시 해 봐."

달고나 할아버지가 응원해 주었다. 나는 산산조각 난 하트 모양을 입속에 털어 넣었다. 여전히 달고나는 썼다.

머리 위로 그늘이 드리워졌다. 찬 기운에 머릿속이 하얗게 변해 버린 지 오래다.

"여기서 뭐 해? 비가 이렇게 오는데 너, 미쳤냐?"

한참견이었다. 한참견이 우산을 씌워 줬다. 몸을 때리던 장대비가 머리 위 우산으로 떨어지는 소리가 요란했다. 지난밤의 장면들이 파노라마처럼 머릿속을 스쳐 지나갔다.

나는 몇 번이고 편지를 다시 고쳐 쓰고, 쓴 편지 내용을 다시 다듬고 소리 죽여 가며 읽어 보았다. 그리고 설레는 마음으로 심호흡하며 봉투에 풀칠을 했다. 간밤의 내 요란스러웠던 마음처럼 비는 요란한 소리를 내며 내리고 있었다. 편지를 쓰면서 한참견을 향한 내 마음이 언제 이렇게 소리도 없이 자랐나 싶어 놀랐다.

몸에서 김이 모락모락 났다. 비를 맞고 있는 동안은 몰랐는데 우산 아래 서자 몸이 떨려 왔다.

"정난주, 너 얼굴 새빨개. 대체 여기서 무슨 짓을 하고 있는 거야?"

"우체…… 우체부 아저씨가…… 안 와서……."

"뭐?"

"우체부 아저씨…… 기다리고 있었어."

추위 탓에 이가 따각따각 소리를 낼 정도로 부딪혔다. 한참견의 눈이 커다래지는 것을 보며 이 아이의 눈이 이렇게 크다는 것을 오늘 처음으로 느꼈다.

"돌았군, 돌았어. 대체 우체부를 왜 기다려? 기다리려면 집에 가서 우산이나 갖고 와서 청승을 떨던지. 아주 삽……."

"삽질한다고?"

"그래!"

한참견이 내 손을 잡았다. 거세게 쥔 손이 아팠다. 손가락 끝이 빨갛게 변했다. 한참견의 온기가 손가락 마디마디를 타고 흘러들었다.

"놔, 어딜 겁도 없이."

마음과 달리 야멸찬 소리가 입 밖으로 흘러나왔다.

"이래 갖고 날 때릴 수나 있겠냐? 벌벌 떨면서. 집에 가."

"안 돼. 우체부 아저씨 만나야 해."

"우체통 앞에서 뭘 어쩌겠다고?"

"편지…… 편지 찾아야 해."

"무슨 편지? 너, 혹시 용준이한테 러브레터라도 썼어? 젠장!"

때로는 관계를 위해 진실을 숨겨야 할 때도 있는 법이다. 아마 오늘의 비밀은 한참견과 나 사이의 첫 번째 비밀이 될 것이다.

"네가 무슨 상관이야! 이세나 하인처럼 구는 주제에!"

"뭐?"

"내가 모를 줄 알아? 전에 나 몰래 세나네 과수원에서 일했잖아. 세나가 시키는 대로 실실대고 웃으면서 머슴처럼 굴었잖아!"

낯선 얼굴로 한참견이 나를 빤히 바라보았다. 그러더니 낮은 소리로 고백했다.

"엄마, 우리 친엄마 제사 비용 마련하느라 일했던 거야. 새엄마가 매번 우리 엄마 제사 때마다 돈 얘기 꺼내는 게 듣기 싫어서. 그리고…… 아니, 됐다."

결국에 나는 한참견에게 아무 대꾸도 못 하고 그만 울어 버리고 말았다. 어쩌다가 이 지경이 되었을까.

한참견은 더 이상 말을 걸지 않았다. 단지, 내 손을 잡아끌더니 빨간 우체통이 보이는, 문이 닫힌 철물점 간판 아래에 어깨를 나란히 하고 서서 우체부를 기다려 주었다. 하지만 오지 않는 우체부는 나에게서 서 있을 힘까지 빼앗아 가고 말았다.

나는 바닥에 철퍽 주저앉아 버렸다. 어찌 된 영문인지 한참견은 평소와 달리 바닥에 주저앉은 나를 돌아보지 않았다. 내가 알던 한참견이 아닌, 완전히 다른 사람처럼 한참견은 잔뜩 굳은 얼굴을 하고 우체통만 뚫어져라 노려보고 있었다.

"한열. 너까지 여기서 이러고 있을 필요 없……."

그다음 말은 하지도 못했다. 왜냐하면 한참견이 무서운 얼굴로 나를 일으켜 세웠기 때문이었다.

열흘 전, 네거리 찻길에서 넘어진 이세나를 일으켜 주던 한참견의 모습이 떠올랐다. 하마터면 차에 칠 뻔한 세나를 한참견은 침착하게 구해 내고 넘어진 세나를 다정한 손길로 일으켜 주었다. 세나는 놀란 얼굴로 한참견을 올려다보며 심호흡을 했다. 한참견은 놀란 세나를 향해 무슨 말인가를 건넸다. 길 건너에서 나는 그 광경을 고스란히 지켜보고만 있었다. 세나가 한참견의 귓가에 대고 뭔가 진지한 이야기를 하는 듯했다. 잠시 뒤, 참견의 손을 잡고 선 세나가 한참견을 보고 환하게 웃었다. 그때 나는 자존심 때문에 세나가 무슨 말을 건넸는지 한참견에게 묻지 않았다.

한참견은 나를 일으켜 세우는 지금처럼, 세나를 일으켜 세우지 않았다는 것을 나는 똑똑히 기억한다. 평소에 본 적 없던 무서운 얼굴로 한참견은 나를 보고 있었다. 그렇게 매서운 눈은 처음이었다. 지금 내 눈앞에 있는 것은 한참견이 아니라 낯선 사람이다.

"너, 바보야? 비가 이렇게 오는데……. 아이, 씨발!"

한참견이 내 앞에서 욕을 한 것은 처음이었다. 아무리 화가 나도, 내가 어처구니없는 짓을 해도 늘 웃는 얼굴을 하는 한참견이었다.

"네가 뭔데 나한테 소리 질러! 왜 나한테 욕하는 건데!"

나는 한참견에게 화를 내며 악을 썼다. 화가 났기보다는 서러웠다. 할머니한테 혼이 났을 때도 지금보다는 덜 서러웠다.

"시끄러워."

조용하고 낮은 한참견의 목소리에 나는 그만 흠칫 놀라고 말았다. 무겁고 탁한 저음에서 묻어 나오는, 평소와 다른 한참견의 분위기에 나는 당황했다. 한참견은 말없이 자신이 입고 있던 재킷을 벗어 내 어깨에 둘러 주었다. 손으로 내 등을 떠밀었다. 전혀 부드럽지 않았다. 버터보이, 슈크림 왕자 한참견이라고 볼 수 없는 손길이었다.

한참견은 내 껌딱지고 내 심부름꾼이고 내 꼬붕이나 다름없는데 내가 이렇게 한참견에게 위로나 받고 있다니! 왜 내가 한참견의 눈치를 보고 움츠러들어야 하는 거지?

추위 탓인지, 대답 없는 한참견의 굳은 얼굴 표정 때문인지 떨림이 멈추지 않았다. 한참견이 빗속에서 나를 돌아봤다. 나는 사악하게, 아주 천천히 한참견의 두 눈을 바라보며 씩 웃어 줘 버렸다.

나는 떨리는 목소리로 한참견에게 또박또박 말했다.

"너, 여자의 웃는 얼굴에 절대 속아선 안 돼. 알겠어? 세나의 웃는 얼굴 보고 실없이 웃지 말란 소리야."

아주 잠깐 한참견이 내가 알지 못하는 얼굴을 하고 나를 뚫어져라 쳐다봤다.

"너나 잘하세요."

그러더니 예전 모습으로 돌아와 마주 웃어 주었다. 비는 멈출 생각도 하지 않고 우리의 옷자락을 더욱 어둡게 적셨다.

집으로 돌아오는 길에 사랑은 연필로 써서 될 일이 아니라는 것을 나는 톡톡히 깨달았다. 사랑을 쓰려면 연필로 쓰라는 노래는 할머니의 십팔번이었다. 연필로 쓰면 지우개로 누구나 손쉽게 지울수가 있으니까 빼앗기지 않으려면 아주 단단히 못 박아 놔야 한다. 그러려면 연필이 아닌 볼펜이나 만년필로 진하게 '내 사랑'을 적어 놔야 좀 더 안심하고 살 수 있을 것이다.

한참견에게 손목을 잡힌 채 나는 집으로 끌려왔다. 평소 같았으면 큰 소리를 내며 가볍게 뿌리쳤을 참견의 손을 이상하게도 쉽사리 떨칠 수가 없었다. 집 앞 대문에 다다라서야 한참견이 내 손목을 놓아 주었다.

"들어가."

나는 주저하며 한참견의 얼굴을 바라보았다. 비에 흠뻑 젖은 나머지 온몸이 떨려 왔다.

"오늘 일, 아무한테도 말 안 할 테니까 걱정 말고 들어가. 편지는 내가 무슨 수를 써서든 막을게."

'네가 막으면 더 큰일이다.'

한참견의 말에 나는 고개를 가로저었다. 한참견의 미간이 심하게 구겨졌다. 내가 알고 있는 한참견이라면 왜 그랬냐고, 대체 무슨 생각으로 우체통 앞에서 쇼를 했냐고 꼬치꼬치 물어야만 했다. 그러나 한참견은 입술을 꽉 깨물 뿐, 아무 말도 하지 않았다. 내게 묻지도 않았고 무엇 하나 궁금해하지도 않았다. 단지 함께 비를 맞아 주고 집까지 바래다 주며 오늘 일을 비밀로 해 주겠다고 약속했다. 그러는 한참견이 너무나 낯설어서 나는 더럭 겁이 났다. 내 앞에 서 있는 한참견이, 한참견이 아닌 것만 같았다.

"그런데 난주야. 이건 미안. 더 이상 참고 싶지 않아."

"……."

온갖 생각이 머릿속을 헤집는 그 순간, 한참견이 내게 입을 맞췄다. 있을 수 없는 일이, 있어서는 안 되는 일이 내게 벌어졌다. 내 소중한 첫 키스의 추억을 한참견과 나누고야 만 것이다. 내 뺨을 가만히 감싼 채 한참견이 나를 내려다보고 있었다.

'말도 안 돼.'

오한과 두통이 동시에 나를 감쌌다. 넋이 나간 표정으로 나는 한참견이 사라진 어두운 골목을 멍하니 바라보기만 할 뿐이었다. 아마도 한참견은 편지를 봐도 나에게 내색하지 않을 것이다. 그게 한참견이다.

어지럽고 피곤했다. 비는 쉬지 않고 내렸다.

나는 내리 이틀을 옥장판 위에 누워 끙끙거리며 몸살을 앓았다. 누워 있는 동안 곰곰이 생각했다. 이제 더 이상 잘생긴 박용준의 얼굴이 내 몫이 아니라는 것을 인정해야 할 때가 왔다. 그리고 또 하나! 이유는 알 수 없지만 한참견이 예전의 한참견으로 보이지 않았다. 괜히 낯설고 어색한 기분이 들었다. 나는 내 충복이자 껌 딱지이자 친구인 한참견도 잃고 만 것일까.

"아이, 삭신이야. 몸도 아파 죽겠는데 뭐가 이렇게 복잡해."

젊은 베르테르 또한 나처럼 몸살을 앓았을까? 가만히 누워 있자니, 한참견과 이세나가 손을 마주 잡고 웃는 얼굴이 떠올랐다. 빨간 우체통과 오지 않는 우체부 생각도 났다. 빗속에 서서 날 바라보던 한참견의 낯설기만 했던 눈동자도 기억이 났다.

나는 할머니가 십이 개월 무이자 할부로 산 옥장판의 온도를 올리면서 곁에 던져 두었던 《젊은 베르테르의 슬픔》을 첫 장부터 다시 읽어 나갔다. 심란할 때는 독서가 최고다. 하지만 심란할 때 로맨스는 역시 피해야 할 장르였다.

그렇게 사랑이 쉬운 것이었다면, 베르테르가 젊은 나이에 죽었을 리가 없지 않나? 아프다는 것은 내가 제대로 사랑하고 있다는 증거야, 라고 생각하자 한껏 기운이 샘솟는 듯했다. 찬 물수건을 들고 온 해주가 내 이마에 물수건을 얹어 주며 잔소리를 해 댔다.

"넌 열난다면서 옥장판 온도는 왜 자꾸 올리니? 대체 학교까지 빼먹으면서 뭘 하고 다녔기에 감기에 된통 걸리냐?"

"알 거 없어. 언니랍시고 꼴랑 물수건 하나 얹어 주면서 유세 떨려거든 이거 치워."

"꼴에 자존심은. 그나저나 너희 짰냐?"

해주의 음흉한 미소가 마음에 안 든다. 입술 한쪽만 슬쩍 올리고 웃는 저 꼬락서니라니.

"뭘? 무슨 말이 하고 싶은데?"

해주 애는 가끔 알아듣지 못할 소리를 골라서 하는 경우가 있다.

"한참견도 감기에 된통 걸려서 오늘 학교에서 쓰러지고 난리도 아니었다. 한참견같이 내세울 건 건강밖에 없는 애가 쓰러지다니."

"한참견이 쓰러져? 많이 아프데?"

조절하려고 했지만 내 목소리가 다급히 들리는 것은 나도 어찌할 수가 없었다. 한참견이 그날 비를 쫄딱 맞은 것은 내 책임이었기 때문이다.

"오, 냄새가 나. 너희 둘, 왜 같이 감기에 걸렸을까? 참견이가 널 데려다줬다며? 그거랑 감기랑 관계 있는 거지?"

옥장판에 대고 있는 것은 내 입술이 아니라 등이었는데, 입술이 뜨거워지기 시작했다. 얼굴이 화끈거리면서 한참견이 내게 입술을 맞대던 순간이 떠올라 발끝이 점점 오그라들었다. 따뜻하고 친절했던 한참견의 입술이 잊히지 않았다.

해주가 몸으로 나를 밀치더니 옥장판 위에 나란히 누웠다. 그리고 내 손에 들려 있던 《젊은 베르테르의 슬픔》을 빼앗아 책장을 훌훌 넘기며 건성으로 보기 시작했다. 베르테르에 하나도 감동받지 않을 것이 분명한 해주가 책을 이리저리 살피더니 말했다.

"줄거리 요약본은 없나? 야, 난주. 베르테르도 키스하고 몸살 나니?"

나오는 것은 한숨이요, 답답한 것은 내 가슴이었다. 해주가 옥장판 가운데로 점점 파고들었다. 킥킥거리며 웃어 대는 모습이 얄미웠다.

"감기 바이러스는 호흡기 분비물을 통해 콧물이나 인두 분비물 속에 들어 있다가 손을 통해 옮겨. 그러니까 키스로 전염되지 않는 단 거지. 손잡는 경우, 전염 가능성이 높아지지만 말이야."

해주가 해야 할 멘트를 내가 읊조리고 있었다. 온몸이 두들겨 맞은 것처럼 아팠다. 책임지지 못할 일 따윈 애당초 하는 것이 아니었다. 나는 이불 밖으로 나란히 마주 잡고 있던 손을 슬그머니 이불 속으로 넣었다. 까무룩 잠이 들면서 아주 잠깐 한참견이 떠올랐다. 한참견이 많이 아프지 않으면 좋겠다.

11
:

This is tomorrow

하필이면 밸런타인데이는 2월 14일일까. 겨울방학이나 봄방학 중에 밸런타인데이가 있다면 이 꼴, 저 꼴 안 보고 좋았을 텐데 말이다. 게다가 졸업식은 왜 15일이어서는 내가 이런 꼴을 보게 만드는 건지……. 해가 바뀌고 열일곱 살이 된 해의 시작이 이 모양이라니 왠지 억울했다. 박용준이 정해주한테 초콜릿을 주고 있었다.

'그래, 때가 되었다. 굿바이, 박씨.'

박용준에게 초콜릿을 받는 해주의 표정은 좋은 것도, 싫은 것도 아니었다. 그냥 무표정이었다. 평소 해주 성격이라면, 박용준이 아니다 싶었으면 정나미 떨어지는 말이라도 쏘아붙였어야 했다. 그런데 해주가 초콜릿을 물끄러미 보더니 받았다. 남녀 사이의 일은 직접 겪어 보지 않고는 그 무엇 하나 믿을 수 없다는 것이 각종 연애 관련 서적에서 내가 습득한 지식이었다.

"내가 먼저 마음을 표현하는 게 맞는 것 같아서 말이야. 밸런타인데이, 화이트데이가 무슨 상관이겠어, 안 그래?"

박용준의 말에 해주는 어깨를 으쓱하더니만 초콜릿 하나를 입에 넣고 가 버렸다. 해주의 행동에 용준은 적잖이 당황한 듯했지만 금세 아무렇지 않은 듯 제 갈 길을 갔다. 하지만 난 봤다. 돌아서면서 해주 얼굴에 실금처럼 미소가 슬쩍 번지는 것을 말이다. 남의 집 담벼락에 숨어서 이 광경을 보는 나 자신도 기가 막혔다.

집에 오자마자, 나는 시치미를 떼고 해주에게 물었다.

"오늘 초콜릿 받은 거 없었어?"

"왜? 내가 또 예전처럼 너한테 준 거 받아먹었을까 봐?"

초등학교 6학년 때였다. 해주는 나에게 전해 주려고 했던 사탕을 자신이 나인 척을 해서 몽땅 가로챘다. 그러면서 한다는 소리가, '널 좋아한다는 애가 왜 너랑 나를 헷갈려 하냐?'였다. 어쩌면 그 사건의 트라우마 때문에 나는 누군가를 좋아하게 되면 그 애가 나와 해주를 명확하게 구분할 수 있는지 궁금해하는 것일지도 몰랐다.

"그런 일 없으니까 걱정 마. 왜들 단것에 목을 맬까 몰라. 종일 먹었더니 입안이 달달하다. 들척지근한 거 별론데 말이야."

정해주, 정말 배부른 소리 하고 있다. 들척지근한 것 별로라는 애가 초콜릿을 날름 받아먹어? 마음 같아서는 왜 용준이가 준 초콜릿 받아먹었냐고 놀리고 싶었지만 그래 봤자 나만 유치해질 뿐이었다. 해주가 날 보며 윙크를 했다.

"그런데 한참견은 누구한테 초콜릿 줬을라나? 너 못 받았지?"

해주가 나를 떠보는 수작이다. 그러고 보니 한참견에게서 소식
이 없다. 매년 2월 14일이면 초콜릿은 아니더라도 내가 먹고 싶은
것을 꼭 사 주던 애였는데. 어차피 나한테 초콜릿을 얻어먹기는 틀
렸으니 자기가 먼저 선수를 치겠다던 애가 한참견이었다. 3월 14
일까지 기다릴 수가 없다나 뭐라나.

책상 앞에 앉아 빌려 온 순정 만화를 뒤적이는데 해주가 웬일로
정답게 내 어깨를 끌어안았다.

"뉘, 왜 이래? 한겨울에 더위 먹었니?"

"그깟 초콜릿 따위 못 받아서 이러는 거야? 정난주! 걱정 마. 기
찬 선물 줄 남자가 네 앞에 나타날 테니까. 까르르르르."

얘는, 아무래도 뭘 잘못 먹은 모양이다. 배를 잡고 방바닥을 구
르는 폼이 예사롭지 않다. 휴대폰 벨이 울렸다. 액정 화면에 '한참
견'의 이름이 떴다. 퉁명스레 전화를 받자, 머뭇거리는 한참견의
목소리가 들려왔다. 집 앞이니 잠깐 나오라고 했다. 해주는 뭐가
그리 신났는지 입까지 틀어막으며 웃고 있었다.

"제까짓 게 어디서 나를 오라, 가라야."

말은 그렇게 했지만 나는 한참견을 만나러 밖으로 나갔다. 자전
거를 세워 두고 한참견이 추위에 떨고 서 있었다. 옷이나 두껍게
입고 나오지 달랑 후드티 한 장 걸치고 나오다니!

"한참견, 너 돌았어? 이게 다 뭐야?"

보지 말아야 할 것을 보고 말았다.

"정 여사, 널 위해 준비했어. 네가 기뻐했으면 좋겠다."

"뭐? 설탕 퍼먹고 당뇨로 쓰러져 죽으라고?"

눈처럼 새하얀, 천일염처럼 곱디고운 5킬로그램짜리 백설탕이 내 발 아래 놓여 있다.

"어? 아냐, 아냐. 네가 달고나 좋아한다고……. 이번 밸런타인 때는 달고나만 원 없이 먹고 싶다고 했다면서?"

"누가 그래?"

나의 째지는 듯한 음성에 겁을 먹었는지 한참견은 뒷걸음질을 치다가 제 발에 걸려 자전거와 함께 뒤로 넘어갔다. 넘어지면서 꼬리뼈가 언 땅에 세게 부딪혔을 텐데도 신음 소리 한 번 내지 않고 눈만 껌뻑이며 내 눈치만 살피고 있었다.

"해…… 해주가."

"내가 그럴 줄 알았어! 이 불여우 같은 계집애!"

"난주, 너 달고나를 엄청 좋아한다며. 해주 말이 네가 달고나를 평생 질리도록 먹었으면 좋겠다고 했다는데. 그래서 백설탕 산 건데……."

한참견은 진짜 바보였다. 한참견이 생각할 머리가 있는 사람이라면 해주의 말도 안 되는 소리에 넘어갈 리가 없다. 정해주, 내 인생 최대의 적수. 3분 언니라고 그래도 나름 예의를 갖추며 살자고 마음까지 다잡았는데 이따위로 또 나를 물 먹이다니!

'아, 신이시여! 이 바보를 어찌하면 좋나요?'

1킬로그램도 아니고 자그마치 5킬로그램짜리 설탕 포대를 들고 내 앞에 나타난 한참견에게 오늘의 교훈을 알려 주기로 결심했다. 우아한 걸음걸이로 한참견에게 다가갔다. 그러자 한참견이 다급히 내 앞에 꾸러미 하나를 내밀었다.

"하아, 이게 다 뭐야?"

나는 한참견에게 대답을 바란 게 아니었다. 헌데 녀석은 친절하게도 공손한 목소리로 대답했다.

"달고나 세트. 집에서 편하게 해 먹을 수 있지."

비닐봉지 안에 국자부터 하트, 별, 눈사람, 온갖 모양 틀이 들어 있었다.

"근데 난주야, 급하게 설탕만 생각하느라 소다를 못 샀……. 으으악, 왜 이래?"

"한열, 네가 진정 몰라서 이래!"

한참견은 내게 소다를 사 줄 필요가 없었다. 나는 씽긋 웃으며 설탕 포대로 한참견의 등을 냅다 후려쳤다. 내가 때리는 박자에 맞춰서 한참견이 비명을 질렀다. 그런데 어쩐지 비명 소리가 비트박스를 타는 것 같았다. 설탕 포대가 뜯기는 마찰음과 함께 설탕가루가 공중에 흩날렸다. 우리 두 사람의 머리 위로 새하얀 설탕이 눈처럼 쏟아져 내렸다. 입안에 달콤한 맛이 고스란히 전해졌다. 설탕을 고스란히 뒤집어쓴 한참견이 놀란 눈으로 나를 올려다보았다. 머리 위에도, 코트 자락에도, 온 천지가 하얗다. 설탕을 뒤집어쓰고도 한참견은 유난히 반짝거렸다. 순간, 나는 웃음이 터져 나와 버렸다. 더 이상 화를 내고 싶은 마음이 사라졌다. 어처구니없는 지금의 상황이 그저 웃겼다.

"그래, 그렇게 웃어."

한참견이 날 향해 씩 웃었다. 얻어맞고도 저토록 기분 좋은 미소를 지을 줄 아는 애가 한참견이구나! 나는 손가락으로 참견의 가슴팍을 쿡쿡 찔렀다.

"누군가를 좋아할 땐 그 누구도 믿지 마. 알겠어?"

어금니를 꽉 깨물고 충고를 해 주었다. 한참견이 가슴팍을 찌르는 내 손가락을 덥석 잡았다. 어색한 기류가 우리 사이를 에워쌌다.

"한참견, 이 손 뭐야?"

꼼짝 못 하고 손가락만 바라보는 나에게 한참견이 다정한 목소리로 말했다.

"내 마음. 내 마음은 그런 거지. 내가 얼뜨기가 되더라도 정 여사, 네가 웃는 것."

예상하지 못한 한참견의 고백에 나는 꿀 먹은 벙어리 신세가 되어 입도 벙긋 못 한 채 눈만 끔뻑거렸다. 그러자 한참견이 내 등을 떠밀며 말했다.

"어서 들어가. 소다는 내일 사다 줄게."

한참견과 헤어지고 방으로 들어서자, 해주가 재미있다는 듯 웃으며 나를 보았다.

"백설탕 받았어? 으흐흐흐흐."

아무래도 정해주, 얘는 나의 인내심의 한계를 시험하기 위해 신이 지상에 내려놓은 것이 분명했다.

"시끄러워!"

나는 웃고 있는 해주를 향해 성난 황소처럼 돌진했다. 해주는 나에게 베개로 맞으면서도 웃음을 멈추지 않았다. 오히려 신이 난 듯 더 크게 웃었다.

"외면하지 마, 바보야! 한참견은 너밖에 없어. 설탕까지 바쳤는데 그 달달한 마음 좀 받아 주라, 정난주! 으흐흐흐흐흐!"

진짜 얄미운 계집애다.

이튿날, 한참견은 나에게 소다를 사다 주지 않았다. 대신에 내가 좋아할 법한 로맨스 소설이 내 나이 수만큼 배달되어 왔다.

오일 장날에 할아버지는 마지막으로 남은 흑염소 3호를 아낌없이 잡았다. 우리 집 마당에서 더 이상 흑염소 구경을 할 수 없게 된 그날, 우리 가족은 한 명도 빠짐없이 저녁 밥상 앞에 모여 앉았다. 누가 밥을 굶든 말든 상관하지 않던 할아버지의 호출이어서 모두들 의아해했던 것이 분명했다. 할아버지는 이제껏 자신의 건강만을 위해 온 정성을 쏟던 사람이었기에 식구들은 '전원 꼭 저녁상에 참석하라'는 할아버지의 말에 뭔가 예기치 못한 저의가 있는 것이라고 다들 제멋대로 생각했을지도 모른다.

군복 차림의 엄마까지 등장함으로써 나는 이번에는 할아버지가 진짜 뭔가를 보여 주려고 하는 것이 아닌가 걱정되기 시작했다.

"엄마가 결혼하겠다는 건가?"

내 말에 해주가 무섭게 나를 노려보았다. 그래, 이 안건은 아직 시기상조일 것이다. 엄마도 해주의 허락이 없으면 재혼은 안 하겠다고 이미 약속했으니까.

할머니는 밥상 앞에서 국을 뜨면서 할아버지의 얼굴을 흘낏거리며 엿보았는데 그 모습이 평소와 달리 너무나 의기소침해서 나는 할머니 또한 걱정스러웠다.

"먹자."

모두를 밥상 앞에 불러 모은 할아버지의 행동과 달리, 할아버지가 우리에게 내뱉은 말은 너무나 평범하기 짝이 없었다.

"그게…… 다예요?"

나는 할아버지에게 물었다. 무표정한 얼굴로 해주는 묵묵히 밥그릇을 비우기에 열심이었다.

"그럼. 밥상 앞에서 또 무슨 말이 필요하냐? 많이 먹어 둬. 그래야 힘이 나고 힘이 나야 일도 제대로 하고 공부도 제대로 하는 거야. 뭐든 제대로 하면 제대로 살 수가 있다. 잘 사는 게 별거냐? 밥 잘 먹고 똥 잘 싸면 되지."

"아하."

나도 모르게 내 입에서 할아버지의 말에 동의하는 소리가 나와 버렸다. 할아버지가 날 보더니 픽 웃었다. 할머니가 할아버지의 놋 그릇을 새로 닦아 놨는지 오늘따라 유난히 할아버지의 밥그릇이 번쩍거렸다.

"기껏 밥 잘 먹고 똥 잘 싸란 소리 하려고 다 모여라, 어째라 유 난을 떤 거유?"

"시끄러워, 밥이나 먹어."

할아버지는 온 식구가 밥을 먹어야 한다는 사명 아래, 엄마를 집 으로 불러들이기 위해 해주를 희생타로 삼았다. 엄마에게 전화해 서 해주의 수술 부위에 문제가 생겼으니 빨리 집으로 오라고 한 것이었다. 할머니 말대로 자식 앞에서 장사 없다고, 엄마는 만사를 제쳐 두고 한달음에 달려왔다.

모두들 평소처럼 밥을 먹었다. 그런데 이상하게도 내 귀에는 숟 가락질 소리가 유난히 크게 들렸다. 뭔가 뻥, 하고 터질 것만 같은 불안한 기분에 심장이 오그라들었다. 나는 밥을 먹다 말고 해주의 옆구리를 찔렀다.

"뭔가 수상해. 냄새 나."

"쌍둥이, 밥 먹다가 떠드는 거 아니다."

할아버지가 무심한 표정으로 우리에게 한마디 하시더니 국그릇 을 비우고 자리에서 일어섰다. 할아버지는 밥상 앞에서 내내 밥알을 씹는 둥, 마는 둥이었다.

"웬일이라니?"

할머니의 놀라워하는 말에 우리 모두는 할아버지의 밥그릇을 보았다. 아무리 편찮으셔도 밥그릇에 밥풀 한 알 남기는 법 없던 할아버지가 밥을 절반이나 남겼다.

"죽을병에 걸렸나? 이 양반이 왜 안 하던 짓을 한다니?"

할머니의 말에 말없이 밥을 먹던 엄마의 낯빛이 흐려졌다. 엄마 또한 불편한 기색이 역력했다. 모두들 밥을 먹는 둥 마는 둥 하고 있는데 할아버지가 한 손에 꾸러미를 들고 오셨다.

"할아버지, 그게 뭐예요?"

내 물음에 할아버지는 입맛을 쩝쩝 다시며 꾸러미를 상 위에 풀어 놓았다.

"영감, 이게 다 뭐유?"

할머니의 질문에 아랑곳하지 않고 할아버지는 약봉지를 식구들 앞에 하나씩 나눠 주었다.

"하나씩 받아라. 몸에 좋은 거니까 암말 말고 다들 쭉 들이켜."

포장을 뜯자 시큼떨떠름한 냄새가 코를 찔렀다.

"윽, 냄새."

해주가 눈살을 찌푸리며 코를 쥐었다. 수상쩍고 들큼한 냄새가 나서 모두들 고개를 돌리고 망연자실한 표정으로 할아버지가 건넨 정체 모를 보약을 들고 앉아 있을 뿐이었다.

"이거 먹어도 안 죽는 거죠?"

나는 미심쩍은 눈초리로 할아버지한테 물어보았다.

"죽기는 왜 죽냐. 흑염소 고아서 만든 건데."

"흑염소요?"

누가 먼저랄 것도 없이 식구들 모두가 악쓰듯이 외쳤다. 어쩐지 뒷마당에 홀로 외롭게 음메, 음메 울어 대던 흑염소 3호가 보이지 않는다 했다.

"잔말 말고 먹어 둬."

"이거 먹으면 뭐가 좋은데요?"

해주가 물었다. 뭔가 평소와 다른 분위기가 집안 공기 속에 떠돌고 있음을 느꼈다. 그 누구도 해주에게 쓸데없는 질문을 한다고 질타하지 않았다.

"기똥차게 잘 살 수 있다."

다들 기똥차게 잘 살고 싶었던 것일까? 활기찬 할아버지의 음색과 달리 할머니의 우울한 낯빛은 하나의 신호탄이 되어 가족들 모두 차례대로 입에 비닐 포장을 물고 한 모금의 즙이 되어 버린 흑염소 3호를 꿀떡꿀떡 삼켰다. 마지막 한 방울까지 식도로 흘려보내는데 할아버지가 차분한 목소리로 우리에게 말을 건넸다.

"네 할미 소원대로 이혼해 주기로 결심했다. 우리가 갈라선다 해도 해주, 난주는 우리 새끼다. 죽을 때까지 해주, 난주의 한 가족이다. 그걸 잊지 마."

목 아래에서 뜨거운 뭔가가 확 올라왔다. 과장과 비약의 산증인인 할아버지가 이토록 진실해 보이는 것은 무슨 조화일까. 그리고 서류 뭉치를 할머니 앞으로 밀었다.

"하이고, 세상에! 이 영감탱이가……."

할아버지가 건넨 서류는 두 개였다. 할아버지의 인감도장이 찍힌 이혼 서류와 3층짜리 상가 건물이 '오말년' 할머니 이름으로 계약되어 있었다.

"자네 몫이야. 내가 고사리 값 아껴서 샀어."

"아니, 이 양반이 진짜!"

넋두리처럼 혼잣말을 중얼거리던 할머니는 쿵, 하고 코를 훌쩍이더니 주름진 손등으로 눈가를 꾹 눌러 댔다.

"최 마담이 다리 놔 줘서 수월하게 샀네. 그러니까 오해 말고. 이혼이 소원이라니 도장은 찍어 줌세."

이혼해 달라고 그렇게 노래를 부르던 할머니가 눈물을 훔쳤다. 당사자인 할아버지는 대접으로 얼굴을 가리며 애꿎은 보리차만 연거푸 마셔 댔다. 하지만 모두들 눈물을 숨기려고만 했지, 자신의 슬픔을 드러내려고 하지는 않았다. 눈물을 참아 내는 것이 어른의 역할이라면 나는 어른이 되는 것을 다시 생각해 보고 싶다. 자신의 감정을 꾹꾹 눌러 버리는 것, 정말 매력이 없다.

"아, 이런 거 진짜 싫다!"

어떤 일에도 침착하고 담담하게 굴던 해주가 소리를 내며 울기 시작했다. 서럽게 우는 해주의 모습에 나도 덩달아 울고 말았다. 흑염소 3호를 먹고 우리 가족은 모두 함께 꺼이꺼이 울었다. 그리고 흑염소 3호의 즙을 다 비웠을 무렵, 우리는 모두 아무 일 없었던 듯 웃고 있었다.

인생은 그런 것 같다. 아무렇지 않게 살아가는 것. 그래야 죽지 않고 살아 낼 수 있을 테니까. 어쩌면 참아 내지 못할 슬픔이나 괴로움 따위는 애당초 없었던 것이 아닐까.

"됐다, 됐어."

할아버지는 흐느끼는 해주와 내 어깨를 번갈아 두드려 주며 다시 웃을 수 있는 용기를 심어 주었다.

"되기는 뭐가 돼요? 부부는 갈라서면 완전 끝이야."

엄마가 눈물, 콧물을 흘려 가며 소리쳤다. 할아버지가 엄마를 있는 힘껏 노려보더니 호통쳤다.

"그딴 게 무슨 가족이냐. 콩가루 집안이지. 난주, 해주! 기억해라. 한 번 가족은 영원한 가족이다. 네 할미가 요구한 저딴 종이 쪼가리는 아무것도 아니다."

할아버지에게 남을 울리고 웃게 만드는 재주가 있다는 게 놀라웠다. 주름지고 마른 손끝으로 할아버지는 당신의 귓구멍을 후벼 팠다.

"거, 집어치우지 못해! 누가 죽었어? 왜 밥상머리에서 울어, 울기를!"

할아버지는 반절이나 남아 있는 당신의 밥공기를 보더니 다시 수저를 들었다. 그리고 언제나처럼 밥을 꼭꼭 씹으며 차분한 음성으로 한마디 할 뿐이었다.

"모두가 울 필요 없다."

그랬다. 모두가 울 필요는 없다. 언제나 슬프고 힘든 시간만 보내라는 법도 없다. 할아버지 말대로 '죽으라는 법' 따위는 세상천지, 그 어디에도 없는 것이 확실했다. 그리고 엄마는 재혼을 할 사람이 생겼다는 말을 했을 뿐, 당장 재혼을 하겠다고 하지는 않았다. 세상에는 수많은 변수가 존재하기 마련이다. 재혼으로 가는 길목에 어떤 변수가 작용할지 아무도 모른다.

밥그릇을 딱딱 긁는 할아버지의 수저질 소리만 가득했다.

"다들 밥을 잘 먹어야 한다. 이혼을 하든, 재혼을 하든 간에 밥은 먹고 살고 보는 거야."

할아버지는 소화제를 삼키며 짐짓 호쾌하게 나름의 명언을 남겼다.

"많이 웃는 놈이 이기는 거다! 쌍둥이, 너희도 네 엄마 결혼에 잔소리 말어."

갑자기 많이 웃고 싶다는 생각이 혈관을 타고 몸 전체로 뻗어 나갔다.

식사를 마친 할아버지는 급체를 하고 말았다. 이혼 서류와 건물 서류를 손에 쥐고 당장에라도 집을 나갈 것처럼 굴었던 할머니는 할아버지가 쓰러지자, 서류는 던져 놓고 구급차를 부르고 야단이 었다.

들것에 실려 구급차로 가는 내내 할아버지는 애써 웃어 보이려 고 갖은 애를 썼다. 하지만 그 모습이 더욱 측은해 보일 뿐이었다. 할아버지가 그동안 삼켰을 그 많은 비타민과 글루코사민, 오메 가 쓰리 성분은 어디로 사라진 것일까. 웃으려고 애를 쓰면 쓸수록 할 아버지의 얼굴에 숨어 있던 잔주름들이 얼굴 표면으로 새록새록 떠올랐다. 할아버지를 태운 구급차를 배웅하며 나는 과연 할아버 지가 병원에 가는 내내 웃을 수 있을까 하는 의문이 생겼다.

사라져 가는 사이렌 소리를 들으며 집 안으로 들어와 먹다 남은 저녁을 마저 먹는 해주의 모습을 물끄러미 지켜보았다.

"언니, 넌 밥이 넘어가니?"

"응. 할아버지가 밥은 먹고 살라잖아."

가만히 보니 해주도 할아버지를 참 많이 닮았다. 고집스러운 입 매를 보고 있자니 정겨운 느낌이 들었다. 시간이 흘러서도 이런 마 음은 틀림없이 변하지 않고 내 곁에 남아 주겠지. 할아버지가 무사 하면 좋겠다.

"난주야, 정난주!"

대문 밖에서 한참견이 부르는 소리가 들렸다. 귀찮아 죽겠다. 해 주가 가자미눈을 뜨고 나를 쳐다봤다.

"너희 수상해."

"뭐가? 한참견이 나 좋다고 따라다닌 게 하루 이틀이냐?"

"그건 정상인데. 너 말이야."

"내가 뭐?"

"한참견이 저렇게 따라다니면 한 대 때리기라도 하는 게 정난주인데 말이지, 요즘 너무 부드럽게 한참견을 오냐, 오냐 받아 주고 있잖아. 냄새 나."

"냄새 같은 소리 한다."

"이러다가 너희 둘, 자웅동체 되겠어. 으흐흐흐흐흐."

"야이, 변태야. 그만해라!"

해주의 놀림도 나쁘지 않다.

한참견과 매일 붙어 다닐 시간도 얼마 남지 않았다. 해주와 한참견은 나란히 외국어고등학교에 진학했다. 기숙학교로 가는 바람에 한참견은 이제 내 껌딱지에서 해방이다. 합격 발표 소식을 듣던 날, 한참견은 똥 씹은 표정을 했다. 반 아이들이 그런 한참견을 보고 재수 없다고 야단이었다. 보고 싶으면 어쩌냐고 대놓고 물어보는 한참견에게 나는 특별한 허락을 했다.

"해주 얼굴 들여다봐. 오래는 안 돼. 딱 3초만 쳐다보도록 허락할게."

한참견을 마음에 받아들이기로 한 결심은 단순했다. 다른 이유는 아니고 우체통 앞에서, 그리고 그날 내가 흘린 눈물을 모른 척해 준 대가다. 그날 집으로 돌아오는 길, 한참견이 내게 말했었다. 비에 흠뻑 젖은 나를 보며, 눈물로 흠뻑 젖은 내 두 눈을 보며 한참견이 조용히 말했었다.

"너, 지금 우는 거 아니란 거 다 알아. 비가 와서, 비가 너무 많이 와서 얼굴이 빗물 범벅이 된 것뿐이니까 슬퍼할 것 없어."

그래, 슬퍼할 일은 세상 어디에도 없다. 그날 빗속에 서 있던 한참견의 얼굴은 맑은 날의 햇살처럼 환해 보였다. 그런데 오늘 한참견의 얼굴은 우거지상이다. 우리는 집 근처 공터의 버려진 소파에 나란히 앉았다. 얼룩무늬 도둑고양이 한 마리가 우리 주위를 배회하더니 폐타이어 위에 올라앉아 한참견과 나에게서 눈길을 떼지 않고 있었다. 한참견이 어울리지 않게 심각한 표정을 지었다.

"아휴, 사는 게 진짜……."

"진짜 뭐?"

"구질하다고."

얘 입에서 구질하다는 소리가 나오면 뭔가 난처하다는 뜻이다.

"뭔데? 본론만 말해. 안 그러면 가 버린다."

"하, 나 심각해."

참견의 얼굴을 보니 진짜 심각해 보였다. 얼굴도 누렇고 턱 주위에 허옇게 각질까지 일어나 있었다. 한마디로 매력이라고는 찾으려야 찾을 수 없는 얼굴이었다. 대답을 듣지 않아도 한참견이 무엇 때문에 이러는지 짐작할 수 있었다.

요즘 한참견네는 결혼식 준비로 바쁘다. 한참견의 누나들까지 동원되어 참견의 새어머니와 아버지의 결혼식을 올해가 가기 전에 치를 모양이었다. 제대로 된 결혼식도 안 치르고 살림을 맡아 산 새어머니를 생각한 참견네 가족들의 배려였다. 지난번 설에 다녀간 한참견의 누나들은 만복 할아버지의 결혼식 얘기에 두 손 들며 환영했다고 했다. 대외적으로는 '나이 드신 아버지, 그동안 자식들 키우느라 고생 많으셨어요. 새어머니도 그동안 고생 많으셨어요.'였지만, 우리 할아버지 말에 따르면 '여우 같은 딸년들이 지 애비 죽을 때가 다가오니 행여나 새엄마가 무엇 하나 덕 볼 것 없는 집구석에 붙어사는 것이 지겨워 제 발로 나갈까 봐 겁이 나 그런 것이라고, 지 애비 제사상 차리기가 겁이 나서 새엄마한테 빼도 박도 못 하게 족쇄를 채운 셈'이라는 것이다. 그 속사정이야 알 수는 없지만 지금 내 눈앞에 풀이 잔뜩 죽어 앉아 있는 한참견은 아버지 결혼식 때문에 심란한가 보다. 하지만 안타깝게도 한참견에게는 받아들일 수 없다는 의지만 있을 뿐, 새어머니를 거부할 만한 힘은 갖고 있지 않았다. 초등학교 6학년, 그러니까 늦둥이였던 열세 살 되던 해부터 새어머니가 해 준 밥 먹고, 세탁해 준 옷 입고 학교에 다닌 한참견에게 '이 결혼, 난 반댈세!'라고 소리칠 만한 자격이 과연 있기나 할까?

"넌 참 이상하다. 다 큰 사내놈이 아버지 장가가는 걸 싫다고 앙탈이냐? 어차피 오래전부터 같이 살던 분인데. 결혼식 치르겠다는 게 뭐 대수라고 야단이냐? 그러고 보면 로맨스를 모르는 것들은 문제야. 해주나 너나 똑같아."

"그냥 사는 거랑, 결혼식 올리는 거랑은 달라."

"왜?"

한참견이 잠시 잠잠하더니 속내를 드러냈다.

"현실이야 어떻든 간에 아버지랑 결혼식을 올린 사람은…… 우리 엄마뿐이었으면 좋겠어."

해주나 한참견이나 다 크려면 한참 멀었다. 하지만 아주 어렴풋이, 희미하게나마 참견의 기분을 이해할 수 있을 것만 같았다. 풀이 죽은 모습으로 어깨를 잔뜩 움츠린 채, 참견이 한숨을 내쉰다.

"아직도 내가 애라는 게 싫다. 아무리 다 컸다고 해도, 이럴 때면 난 영락없는 애야. 아무것도 할 수 없잖아. 아버지한테 새어머니랑 결혼식만은 안 올렸으면 좋겠다고 말도 못 하고, 엄마 제사 때마다 눈치 보는 나 자신도 싫고. 인생이 뭐 이렇게 구질구질하냐?"

"기다려."

"뭘?"

"인생이 구질구질하지 않을 때를 기다리라고."

"정 여사, 그런 날이 오긴 올까 모르겠다."

제법 심각하고 무거워 보이는 참견의 분위기에 나는, 조금은 그 애의 마음을 헤아리고 싶은 기분에 한마디 건넸다.

"올 거야, 반드시."

평소와 달리 다정한 목소리가 흘러나와 버렸다. 놀란 눈으로 한참견이 나를 쳐다보았다. 어색하지만 그래도 지금의 마음만은 진심이니까 나는 딱 한 번만 한참견에게 관대해지기로 마음먹는다.

"우린 어른이 될 테니까. 그러니까 사는 게 구질구질하지 않을 날은 반드시 와."

내가 이렇게 그럴싸한 말을 참견에게 해 주다니, 나는 이미 제법 괜찮은 어른이 된 기분이었다. 나는 엄마가 내게 해 줬던 말을 떠올려 한참견에게 조언을 해 주었다.

"그렇다고 해서 지금부터 너무 어른이 되려고 애쓰지는 마. 우린 그냥 천천히 기다리면 돼."

나의 멋진 말 때문에 감격했는지 한참견은 말을 더듬었다.

"난…… 난주야. 너…… 너, 근사해."

나름대로 근엄한 표정을 지으려고 했지만 자꾸 웃음이 터져 나오는 걸 막을 길이 없었다.

"나도 알아. 나 근사한 여자야."

머릿속에 성인이 된 내 모습이 어렴풋이 그려졌다. 성인이 된 나는 아무 걱정 없이 환하게 웃고 있다. 세상에서 가장 행복한 사람처럼 웃고 있다. 한참견도 성인이 되면 지금의 걱정 따위는 까맣게 잊고 나처럼 웃고 있을지도 모를 일이다.

나는 미래의 시간이 기다려진다. 미래의 나에게는 할아버지, 할머니의 잦은 말다툼도, 엄마의 재혼도, 나랑 비교되는 해주의 일도, 새엄마의 일로 괴로워할 한참견도 더 이상 없을 것이다. 모두들 참기 힘들고 견디기 어려운 것들로부터 안녕을 고하고 지금보다 즐겁고 유쾌하게 살고 있을 것이 분명하다. 왜냐하면 내가 그렇게 소망하고 있으니까.

시간은 흐르는 것이라고 사람들은 이야기한다. 하지만 천만의 말씀이다. 시간이 흐르는 것이 아니라, 시간은 머물고 우리가 전진하는 것이다. 나는 그렇게 믿고 있다.

"집에 가자. 여기 이렇게 계속 앉아 있어 봤자 우리에게 답은 없어, 아직은."

낡은 소파에서 일어서자 폐타이어 위에 앉아 있던 도둑고양이가 풀쩍 뛰어내려 우리가 나란히 앉았던 소파 주위로 다가왔다. 한참견과 나의 온기가 남아 있는 소파 위로 올라간 도둑고양이는 따뜻한 기운에 만족했는지 냐오옹, 하고 가늘고 길게 울었다. 나는 땅만 보고 걸어가는 한참견의 뒤를 졸졸 따라간다. 한참견이 발을 질질 끌고 가는 탓에 뒤따르던 내 코로 모래먼지가 들어왔다. 발 끌지 말라고 호되게 한 소리 하려는 찰나, 한참견이 말했다.

"정난주, 난 말이지. 내가 사랑하는 여자한테 끝까지 의리 지킬 거다."

나는 한참견을 알게 된 뒤 처음으로 참견의 마음을 조금은 이해할 수 있을 것 같았다. 아직은 사랑에 대해 순수함이 남아 있어도 좋을 나이. 하지만 언제까지나 그 의리나 사랑이란 것이 100퍼센트 순수함을 안고 내 뜻대로 남아 줄 수 있을까?

"우리 엄마도 남자 생겼어. 바람도, 사랑도 다 때가 있는 거야. 그냥 놔 둬. 맘대로 흘러가게. 알겠냐, 이 철딱서니야."

"너희 엄마를? 남자? 총 막 쏘는 여자를 좋다는 남자도 있구나."

"장난하냐? 우리 엄마 대인배거든. 볼매과야, 나처럼."

"하……."

한참견이 신음 소리도, 그렇다고 안도의 한숨도 아닌 묘한 소리를 냈다.

"정난주."

평소와 달리 진지한 얼굴을 하고 한참견이 내 이름을 부른다. 뭐, 그렇게 무게 잡고 불러 봤자, 한참견이 내가 좋아하는 텔런트 박보검이나 연우진이 될 수는 없겠지만 나는 기꺼이 한참견의 얼굴을 돌아본다.

"왜?"

"내 마음이…… 내 마음이 점점 자라고 있어."

"뭐라고?"

뜬금없는 소리를 하는 애치고 한참견의 얼굴은 무섭도록 진지해 보여서 순간 나는 겁을 먹었다. 들키지 않게 입안에 고여 있는 침을 삼키며 나는 한참견을 가만히 바라본다.

"뭐가 자란다고?"

"정난주, 생각하는 내 마음. 내 마음이 자라고 있다고."

가만히 서서도 한참견을 올려다보는 것이 힘겨워진 것이 언제부터였을까? 녀석의 키가 언제 저렇게 부쩍 자라 있었나?

"흥, 곰팡이균 같겠네. 그렇게 불쑥불쑥 자라다니 말이야."

내 말에 한참견이 내 머리를 흐트리더니, 큰 소리를 내며 웃는다. 늘 그랬던 것처럼 내 뺨을 잡더니…… 어라, 다가오지 마. 이 애의 동공을 이렇게 가까이에서 들여다본 적이 있었나? 한참견의 눈동자 안에 내가 꽉 들어찼다. 내가 나를 보는 시간…… 가슴이 갑자기 지진이라도 난 것처럼 흔들렸다. 이 애의 얼굴이 무너지듯 나에게 다가온다. 두 눈을 질끈 감자, 이마에 콩, 하고 한참견의 이마가 부딪혔다.

"가자."

먼저 앞서 걸어가던 한참견이 뒤를 돌아보더니 씽긋 웃는다. 그리고 내게 손을 내밀었다. 나는 잠깐 동안 참견의 손을 잡을까, 말까 고민하다가 선심 쓰듯 기분 좋게 잡아 준다.

더할 나위 없이 소중한 얼굴들이 자꾸만 내 눈앞에서 아른거린다. 언제나 위풍당당 기고만장한 할아버지, 그런 할아버지를 못마땅해하며 당신을 살게 하는 건 사랑이 아니라 돈이라고 당당히 외치는 할머니, 그러면서 할머니는 할아버지가 흑염소 2호를 팔아사다 준 금반지가 닳을까 봐 제대로 끼고 있지도 못했다. 이혼 서류를 법원에 제출해 놓고도 여전히 할아버지 식사를 꼬박꼬박 챙기고 있다. 할아버지는 어젯밤, 나한테 딱 걸렸다. 대문 앞을 서성이며 마음을 졸이고 있었다. '설마, 네 할미가 건물까지 받아 놓고 이혼하지는 않겠지?' 푸른 군복이 세상 어떤 사람보다 잘 어울리는 엄마, 내 앞에서 큰소리 치며 언니 노릇하려고 폼은 잡지만 그래 봤자 3분어치의 언니 역할밖에 못 하는, 어딘지 모르게 어설픈 해주.

톨스토이는 물었다. 사람은 무엇으로 사는가. 톨스토이가 알고 묻는 건지, 몰라서 묻는 건지…… 죽은 자는 말이 없다. 결국 모두들 자신의 품안으로 은근슬쩍 스며들어 와 버린 사랑 때문에 사는 것은 아닐까.

할머니는 그 사랑을 징글징글한 정이라고 했고, 엄마에게 사랑은 해주와 나로 돌변한 무엇이었고 어쩌면 이제는 삼겹살을 바삭하게 구워 주던 그 남자일지도 모르겠다. 할아버지에게 사랑은 '그게 뭐냐? 밥이라도 먹여 준다냐?'였고, 해주에게 그것은 과다한 호르몬 작용의 부산물이었으며, 한참견에게 그것은 십 대를 함께 지나고 있는 나, 정난주였다.

혼자서는 절대로 안 되는 것이 있다. 함께 있어야 하고 함께 울고 웃으며 살아가야만 만들어 낼 수 있는 소중한 무엇이 존재한다. 저마다의 이름으로 그것을 부르지만, 그것은 결국 '사랑'이라고 나는, 확신한다. 내일이 기대되는 오늘이 좋다.

·

·

·

작가의 말

십 대 시절, 나는 이상한 아이였다. 늘 좋은 일만 있던 게 아니었는데도 이상하게 꼭 하루에 한 번은 큰 소리로 웃었다. 고2 때였나? 한 번 터진 웃음이 멈추지 않아서 애를 먹은 적이 있었다. 결국에는 그만하라고 혼내시던 선생님은 물론, 주위 친구들까지 영문을 모르고 따라 웃게 돼서 온통 웃음바다가 되기도 했다. 그런데 문제는 다 같이 웃고도 무엇 때문에 웃었는지 몰랐다는 사실이다. 하지만 아무렴 어때라! 신나게 웃었으면 땡이지.

그 시절 왜 그렇게 웃어 댔냐고 묻는다면 글쎄…… 잘 웃는 성격이라기보다 주위 사람들 덕분이었다. 나 스스로 웃을 일이 없다면 내 친구가, 선생님이, 부모님이, 동생이, 하다못해 지나가던 사람이라도 날 웃게 만들었다. 힘들고 어려운 일과 직면해도 반드시 웃을 일이 잠깐이라도 생겼다. 그들의 소소한 대화가, 작은 행동이 날 자꾸만 웃게 만들었다.

　서로가 서로에게 눈곱만큼의 애정이라도 있던 때였다. 애정의 크기와 부피는 제각각이었지만 어쨌거나 그 시절, 우리는 주위를 스쳐 가는 모든 것에 사랑을 품고 있지 않았을까?

　《너와 나의 3분》을 쓰는 동안 내 곁을 지켜 준 사람들이 있었기에 더욱더 많이 웃을 수 있었다. 늘 격려를 아끼지 않으시는 부모님, 성실한 자세로 자신의 삶을 더욱 단단하게 꾸려 가는 D. K, 오랜 나의 친구들……, 그들 덕분에 쓰는 일이 더 큰 기쁨으로 다가왔다. 난주와 한참견, 해주와 박용준, 그리고 모든 인물이 내 주위 사람들처럼 생생하게 살아 숨 쉬기를 바란다.

　내가 글을 쓰면서 즐거웠듯이 이 이야기를 읽는 친구들에게도 즐겁게 웃을 일이 꼭 생기기를 희망한다. 오늘 나의 하루가 아무리 힘들더라도, 앞이 캄캄해도, 언제든 웃을 준비만 되어 있다면 크게 소리 내어 웃을 수 있는 순간이 지금 바로 내 옆에 딱 붙어 있다.

　웃자!

　내가 웃으면 내 친구가 웃고, 내 가족이 웃고, 이웃, 더 나아가 대한민국이 웃는다.

　초인종이 울린다. 나가 보니 택배 아저씨다. 그런데 하, 하, 하! 아저씨랑 함께 웃고 말았다. 서류 봉투 밑부분이 찢어져서 아저씨

가 빈 봉투를 내미셨다. 어처구니없었지만 그냥 웃었다. 아저씨도
머쓱한 표정을 짓더니 웃으셨다. 이렇게 크게 웃었으니 사라진 내
용물이 우리 집으로 잘 찾아오지 않을까.

2017년 가을이 오는 길목에서,
이런 이런 신났네!
으랏차차, 이송현